NONFICTION
論創ノンフィクション
049

記憶の光景・十人のヒロシマ

江成常夫

論創社

目次

本文の写真は、すべて江成常夫が撮影。
写真は、いずれも一九八五年から九五年の取材時の風景。
ただし、写真説明に*印のあるものは二〇〇五年の撮影。
小見出しを罫で囲んだ文章は、二〇〇五年のもの。

一九四五（昭和二十）年八月六日午前八時十五分――米軍は史上はじめての原子爆弾「リトルボーイ」を、広島上空で炸裂《さくれつ》させた。熱線と爆風と猛火で街は壊滅し、死者はその年だけで約十四万人にも及んだ。その悲しみの記憶は半世紀が過ぎた今でも、人々の心に深く刻まれたままである。

高野　鼎……家族の絆

生徒五十人とともに工場内で被爆

家族は、妻の深雪《みゆき》と二男三女。爆心地から南東へ一キロたらずの富士見町《ふじみちょう》に住んでいた。広島市立第二国民学校高等科（現・広島市立観音《かんおん》中学校）の教諭だった高野鼎《たかのかなえ》（当時四十歳）は、その時市内舟入川口町《ふないりかわぐちちょう》にあった熊野空缶会社で勤労学徒たちの監督、指導に当たっていた。

作業場を一巡し事務室に戻り、椅子《いす》に就こうとしたときだった。窓越しに閃光《せんこう》を受け、咄嗟《とっさ》に床に伏せた。気がつくと建物の残骸《ざんがい》が体を塞《ふさ》いでいた。どこからか何かが聞こえた。外へ逃げ出した生徒たちの声だった。

高野は一九〇四年（明治三十七）年十一月二十日、広島県賀茂郡西野村（現・竹原市）の農家の長男に生まれた。弟一人、妹四人の六人兄妹。広島市内の中学校を卒業した二六（大正十五）年に県の教員検定試験を受けて合格した。出身地の小学校に初赴任してから豊田郡東野町《ひがしのちょう》の東野小学校に移るが、やがて妻となる深雪とはこの時代に出会った。

「家内は、瀬戸内海にあります大崎島の生まれで、二つ年下でした。若い先生同士の研究会がありまして、何度か会ううちに心が通うんですね。結婚は昭和五年でしたか——。父親が仕事に失敗したり、モノのない時代ですから、披露宴なんかできませんで。形だけの式はやりましたがね……」

教員の深雪は結婚しても仕事を続けようとしたが、結婚の翌年、長女の悦子が生まれると教職を断念し、育児と主婦業に専念した。高野はそのころから短歌に引かれ、長男の英明が生まれる三四（昭和九）年には山本康夫が主宰する「真樹社」に入り、本格的に歌を始めている。国民服令が公布されるなど、軍国色が強まる時代。文部省は四一（昭和十六）年四月、全国の小学校を「国民学校」と改称し、高野はこの時、市内南観音町《みなみかんおんまち》の市立第二国民学校に転任した。

「長男に続いて次女と次男が生まれましてね。子供は四人になっておりました。四一（昭和十六）年と申しますと十二月に太平洋戦争が勃発して……。もうこのころは食糧事情が悪くなって、味噌も醤油もみな配給制になる。一般の人たちは足りない分の食糧を、物々交換で手に入れておりました。ところが、わしのような教員は、それをしたくてもできんのです。もし、警察の取り締まりにあって見つかりでもしたら、職務上面子《メンツ》が立ちませんから。育ち盛りの子供はおなかを空かせます。何より辛かったのは食糧難でした」

戦局が逼迫《ひっぱく》するにつれ、軍国色はますます強まり、四三（昭和十八）年六月には学徒戦時動員体制がしかれた。国民学校、特に高等科は学習というより軍事教練の場と化し、一方、工場や農家へ出向き、軍需物資と食糧供給のための欠かせない労働力になった。高野も四四（昭和十九）年四月から生徒たちとともに広島市内の工場へ通った。

「働き盛りの男は兵役でみんな戦地へ取られてしまう。四三（昭和十八）年には兵役年限が四十五歳に延長され、戦争末期には志願兵として中学生まで駆り出されたわけです。それを補うために子供のような生徒が動員されて、勉強どころじゃないんですよ。お父さんやお兄さんの代わりに工場へ出て、朝から晩まで働かされたんですから……。広島の場合は市の学務課から学校へ、今日はどこそこへ行くように――という具合に指令がありましてね。班に分かれてあちこちの工場へ出ておったです」

高野が勤労奉仕に出た工場付近／中区舟入川口町

高野家は戦時中、ずっと広島駅に近い荒神町《こうじんまち》に住んでいた。が、敗戦の年の四月、道路の拡張を理由に立ち退きを強制され、富士見町にあった親戚の持ち家に移転した。荒神町は爆心地から約二・五キロ、富士見町はその半分以下の距離である。原爆による富士見町の被害が荒神町よりずっと凄惨《せいさん》だったことを思えば、不運としか言いようがない。

引っ越した家は二階建てで、一階は六畳二間に台所と風呂場。二階が八畳一間に納戸が付いていた。この時の高野家の家族構成は妻・深雪（三十九歳）、長女・悦子（十四歳）、長男・英明（十一歳）、次女・早苗（九歳）、次男・芳昌（五歳）、三女・幸枝（〇歳）だった。

すでに敵機来襲を告げる空襲警報《くうしゅうけいほう》が頻繁に鳴り、灯火管制《とうかかんせい》のもとでの夕食も日常茶飯事になっていた。四五（昭和二十）年八月五日、原爆投下の前夜も、一家は食卓だけを照らす灯《あかり》のもとで団欒《だんらん》の時を過ごした。その席で、私立進徳高等女学校（現・進徳女子高校）二年の悦子は、翌日市内で行われる建物疎開《たてものそかい》の勤労奉仕のことを話した。

明けて六日——。

「工場の始業時間が七時で、しかも夏時間ですから、朝は五時ごろには起きておりました。舟入の工場から爆心地までは約二・五キロ。自宅から自転車で通っておりましたが、工場まで二十分くらいかかりました。服装は綿のワイシャツにズボン。その上にゲートルを巻いて戦闘帽でした。B29の空襲で大きな都市は次々やられてしまい、広島も今日か明日かのときですから、この朝も家内に『もしものときは近くの比治山《ひじやま》へ逃げるように……』そう言って家を出たんです。比治山には大きな防空壕がありましたからね。家を出ます時には、子供たちは一番下を除いてみんな起きておりました」

高野が受け持つ生徒は高等科二年の五十二名。プレス、溶接、ハンダ付けの三班に分かれ、ドラム缶の修理と石油缶を新たに作るのが主な仕事だった。始業時間の十分ほど前、高野が工場に着くと生徒たちは勢揃いし、作業が始まるのを待っていた。班ごとに点呼が取られ、それが終わると生徒たちはそれぞれの持ち場に就いた。高野は日誌をつけるなどの仕事のため、いったん工場内に設けられた事務室に入り、再び作業場に出て生徒たちの指導に当たった。閃光《せんこう》はその後——。

「ピカッと光った思いましたら、ゴーッという大風が吹き抜けるような、もの凄《すご》い音がしたのは覚えておるんですがね。気がつきましたら何かがいっぱいおおいかぶさっておって、身動きができんのです。と、何か音がするんです。しばらくするとそれが生徒たちの声とわかったので『おーい君たち、わしは動けんので出してくれんか……』そういって声をあげましたら、何人か集まってきて、かぶさっておった残骸を取り除いて、そしてわしを引っぱり出してくれたわけです」

建物の下敷きのような状態から、無傷に近い体で抜け出せたのが不思議だった。高野は生徒に促され市街を見た。広島が消えていた。家族のことが脳裏を走り、すぐにでも駆けつけたい気持ちだった。けれど、足もとでは大勢が救助を求めている。高野は妻子の安否に胸騒ぎを覚えながらも、生徒たちの救出に当たった。

「工場のすぐ近くを天満川《てんまがわ》が流れていて、小高い土手があるんですが、そこへ立ちましたら広島の街が荒れ野原のようになって、東のほうの比治山がすぐそこに見えるんです。住んでおった富士見町は比治山の手前ですから、家内や子供のことが気になって、いてもたってもいられない気持ちですが、職務上、生徒たちを見捨てるわけにいかない。家族のことは仕方ない――そんなふうに考えながら救助に当たるんですが、電柱を見ましたらぽっぽと燃えておるんですよ。生徒たちが『どうしたんか先生……』って聞くんですが、何がなんだかぜんぜんわからない。見当がつかないんです」

救出作業は十一時ごろまでかかった。五十人以上の生徒が倒壊した工場に閉じ込められながら、犠牲者が一人も出なかったことが高野には救いだった。爆心地から二・五キロという距離も幸いしたが、建物が簡単な造りのうえ工場内の工作機械や置かれていたドラム缶が防御の役を果たしたようだ。救出後、高野は己斐《こい》あるいは江波《えば》など比較的被害の少ない地区の生徒をその場から帰宅させ、壊滅した市街の生徒たち十五人を引き連れ、南観音町の母校へ避難することにした。爆心地から学校までは工場までとほぼ同じ距離。木造教室は天井が落ちていたが、鉄筋校舎はガラス窓が飛んだだけで無事だった。学校は非常時の避難所に指定されていたので、校内はすでに被災者でいっぱいだった。高野はここでも被災者たちの救援に力を注いだ。

「お昼の十二時ごろだったでしょう。学校に着きますと、熱線に焼かれた人や怪我人で講堂はいっぱいで、校庭まであふれておりました。皮膚がたれ下がって『痛いよ、痛いよ……』言っているものもおりますし、なかには虫の息の人もおって、みんな手当てを待っておるんですが、医者は一人もおらんのです。薬だって、火傷《やけど》じゃから油がよかろう、いうので食用油をつけるくらいしか手の施しようがないのです」

家族の安否を案じながら、高野は結局、被爆から夜までの一日を工場と学校での救護に費やした。ここにも見られるように、当時の教師には自分より他者を優先させる滅私奉公《めっしほうこう》の精神が顕在《けんざい》していた。原爆投下後、火の海となった広島の街は夕方までにほとんど燃えつき、残り火が夜の帳《とばり》を染めていた。その中を高野は、足場を拾いながら富士見町の住処《すみか》に向けて歩いた。

「学校を出たのは夜の八時ごろでした。本川《ほんかわ》（旧太田川）、そして元安川《もとやすがわ》を渡るわけですが、どこもかしこも焼けてしまって、目標がないですから、とにかく比治山を目安に歩くんです。歩くんですが焼け跡にはまだ真っ赤な火が残っていて、それが熱いんですよ。仕方がない、当時道端に置かれていた防火用水の水槽に、シャツをつけて、それを頭からかぶるようにして……。どこを歩いたのか道順はわかりませんが、水主《かこ》町《まち》（現・加古町）を通って国泰寺町《こくたいじまち》にあります一中（現・国泰寺高校）にまいりましたら、そこの校庭に生徒らしい人たちがびっしり倒れておりました。『水をください、水を……』言っておりましたが、どうにもならんのです」

高野の家はこの住宅街にあった／中区富士見町

一中は富士見町と隣接していたので、高野は間もなく自宅を捜し当てることができた。爆風で倒壊してから火に包まれた家屋はすっかり燃えつき、風呂場の跡が赤い残り火の中にはっきり見えた。妻や子供たちは――立ちすくんだまま呆然自失《ぼうぜんじしつ》。確認する術《すべ》もなく高野はその場を離れ、近くにある比治山に足を向けた。日ごろ妻に伝えていた「非常時には比治山へ……」という言葉に一縷《いちる》の望みを託し――。

「これはもう駄目じゃろう、思いましたが、朝、家を出ます時も言っておりますように、もし誰か助かっておれば逃げているだろうと、そんな気持ちで比治山へまいりました。京橋川《きょうばしがわ》を渡って比治山のほとりの電車通りまで行きましたら、杖《つえ》で地面をしきりに叩《たた》く人がおる。誰か思ってよく見ましたら、お隣に住んでおられた有田さんいう老夫婦でした。『あらまあ、無事でよかったですねえ』言いましたら、『お宅では坊っちゃんが二人、防空壕《ぼうくうごう》におられますよ』言うて教えてくれました。防空壕は近くでしたので、すぐに行ってみましたら英明と芳昌でした。下の芳昌は頭にガラスが刺さっておりましたが、英明のほうは無傷のままでした。二人とも放心状態で、私が『父ちゃん帰ったよ』言いましても、ただわしのほうをじっと見詰めるだけで、一言もものを言わんのです」

押し黙ったままの二人が、ぽつんと言葉を発したのは夜も遅くなってからだ。水を欲しがる英明と芳昌を、高野は比治山の上部にある水場に連れて出た。そこからは、まだところどころに火炎が残る広島の街が一望できた。渇いた喉《のど》を潤したあと、三人は場所を見つけて座り、眼下に広がる広島に目を向けた。沈黙が続いた。高野は妻とほかの子供のことが気がかりだったが、口を閉じたままの二人にそれを質《ただ》す気にはなれなかった。我が子があまりにも痛ましく、その状況から結末のあらましが想像できたからだ。それだけに高野には、二人が生きていてくれたことが何よりの救いだった。

「比治山の高いところにおりましても、なんにも言わんのです。住んでおりました富士見町は、そのすぐ下に当たるわけですが、英明を見ましたら、家があったそのあたりをじーっと見据えておるんですね。何も言いませんが、子供はおそらく朝、ことが起きてからの一部始終を夢でも見るように想い起こしてたんじゃないか、思うんです。壕に戻りましてからも、一言もしゃべらんのです。その晩はほかの被災者と一緒にほとんど眠れないまま、朝を迎えました」

「お父ちゃん、ぼく今晩死ぬるよ」

明るくなると炊き出しが行われた。高野は一人二個当てのおにぎりをもらい、二人の子供を連れて自宅の焼け跡に出向き、行方不明の妻と子供を捜すことにした。電車通りに出ると、すぐに犠牲者の遺体が目についた。この世とは思えぬ惨状が広がっていた。前夜とは様相が一変していたが、家屋の跡はすぐに確認できた。

「まだ火が残っておって、ぽっぽと熱いんですよ。最初は途方に暮れておりましたが、そうしちゃおれん思って捜したです。子供たちと一緒に捜しましたら、まず母親の骨が見つかりましてね。九歳の早苗のもありました。ところが体が小さいからでしょう、一歳に満たない幸枝のが捜してもなかなか見つからんのです。我が家の跡をずいぶん捜したがないので、お隣の有田さん側に目をやりましたら、やはりありました」

妻子三人の遺骨を拾うと、高野はすぐに、建物疎開の勤労奉仕に出かけた長女の悦子に思いを馳せた。最初、自分の職場であり避難所に当てられた南観音町の国民学校に身を寄せることにした。前夜の道をたどるうち、学校には正午ごろ着いた。高野は三人の遺骨と二人の子供を学校に残し、悦子を捜すため再び焼け跡に出た。

「原爆投下の前夜、一家で食卓を囲みましたとき、一番上の悦子が申しましたのは、建物疎開の場所は市内の竹屋町《たけやちょう》ということでした。竹屋町は爆心地から一・五キロぐらいで、南よりちょっと東に寄ったところなんですね。その付近におるかもしれんと思って、まず行ってみました。それはもう悲惨なもんでして、あっちにもこっちにもです。ほとんどが生徒でした。人生のこれからという人ばかりですからね。それがみな顔がはれあがって目がつぶれたり、飛び出しているのもおるし、腕も足も胴も、とにかくぱんぱんにふくれてしまっておるんです。爆風を受けてそのうえに猛火にさらされていますから、みんな素っ裸の状態です。頭の毛も焼けてしまって、男か女かもぜんぜんわからんのです。もうお化けですから、自分の娘が足もとにおっても見当がつかない状態です。それもよく見ますと、死んだように見える中には、まだ意識のある子供もおりました。歩いておりますうち、少しでも姿かたちが娘に似ておりますと『高野悦子じゃないか？……』いうて、声をかけるんです。そうしますと『そうじゃありません……』いうて返事が来るんです。そして『水を……』って。体中焼かれてずるずるになっておるのに、それでも生きようとしてるんですよ。その時、私は思いました。罪もないのにああ惨《ひど》い……こんなことがあっていいのかってね。すぐに手当てをしてあげたら——そう思いましても周辺には元気な人は誰一人おらんですから、どうにも手の尽くしようがないんです」

高野は二人の子供とともに当座を学校で過ごすことにし、翌日も捜索に当たった。前日より西に当たる国泰寺町や元安川近辺を重点に見て回ったが、すでに天幕が張られ、救助活動がところどころで始まっていた。手がかりがないまま水主町付近を歩くうち、高野は年輩の女性に会い、そこで大勢の女学生が千田町《せんだまち》の日赤病院（現・広島赤十字原爆病院）に運ばれていることを聞いた。

「日赤にまいりますと、窓は破れて廃墟のようになっておりました。中へ入りますと、怪我をしたり火傷を負った人たちが、廊下といわず病室といわず、足の踏み場もないほどおりました。先生たちもおられて手当てをしておりましたがね。そんなところを見て回ったんですが、娘はどこにも見当たりませんで、もうほかにはいませんか？言いましたら、死んだ人たちが病棟の裏におります、言うんです。で、そこへ行きましたら、どのくらいの数ですか、まるで俵《たわら》でも積むように横積みにされとるんで

悦子は勤労奉仕から帰らなかった／中区竹屋町

す。次々に死んでおるときですから仕方ないですが、犬や猫より粗末な扱いで……。それはもう話にならんです」

悦子の手がかりはまったく摑《つか》めぬまま、二日目も終わった。高野は子供たちが待つ学校に戻り、他の被災者とともに仮住まいの教室で父子三人、その夜を過ごした。「姉ちゃんはきっと元気でいるよ……」子供たちにはそう言ってつくろったが、気持ちは塞《ふさ》いだままだった。そんな高野が新たな不安に捉われるのはその翌日、九日の朝である。

「朝になりましたら、五つになる芳昌が起きてこないんです。あれっと思って行ってみましたら、小さな声でうなっておるんです。おかしいので額に手を当てましたら、もの凄い熱なんですね。すぐに医者に診せようとしましたが、近くには一人もいないんです。そこで考えまして、郡部の温品《ぬくしな》に妹が疎開しておりましたので、とにかくそこに世話になることにしたんです。乗り物がありませんから、朝十時過ぎに学校を出て温品に着きましたのが、午後の五時でした。すぐに医者に診てもらいましたら、疫《えき》痢《り》だってこう言うんです。まだこの時は、原爆症などというものはぜんぜんわからないわけですから、言われるままに処置をしてもらうんですが、二日たっても三日たっても、ちっともよくならんのです。よくなるどころかますます悪くなって、最後になりますと、苦しんで苦しんで座敷をころげ回るんです」

苦しみを訴える我が子に、高野は言葉で慰めるしかなかった。最初は「すぐによくなるから……」そう言っていたが、病状がさらに悪化し、苦しみもがくのを見て、死期を悟った高野は母のもとへ行けば楽になれる——そう解釈して「もうすぐにお母ちゃんのそばへ行けるから……」そう言葉を向けた。もちろん、苦しみからいささかでも逃《のが》れられるのを念じたからだが、そう告げても、芳昌は心を安める様子もなくいっそう苦悶《くもん》し、声をあげて泣いた。高野にはそれがなぜなのか、この時点では理解できなかった。芳昌は苦しみ抜いた末、敗戦三日後の八月十八日夕刻、小さな体を小刻みに震わせて昇天した。それまで口を閉じたままだった英明が被爆時の状況をようやく語ったのは、芳昌を弔《とむら》って間もなくである。

「あまりにも惨いので、本当は思い出したくなかったんでしょう。その英明がやっとのこと話しますには、原爆が落とされた時、自分とほかの子供三人（早苗、芳昌、幸枝）は二階に、母親は下におったそうです。

　大きな音がして真っ暗な中に閉じ込められ、気がつくと細い光線が見えたので、そこまで体を動かし、光線が射していた節穴の板を下でこづいたが駄目だった。そこで仰向けになって足で何度も蹴《け》りあげたら、破れて外へはい出すことができた。崩れた家の上にやっとのことではい出し、周りを見渡すと、建物がみな潰《つぶ》れて、街の中がなんにもなくなっていた。びっくりして、どうしていいか思っていたら、近いところに芳昌の頭が見えた。声をかけると返事をしたので、必死になって引っぱって助けることができた。お母ちゃんや妹はどうしたろう思って、板切れをはいだりして捜していると、妹（早苗）の頭の髪の毛が見つかった。名前を呼んだが返事がない。とにかく助けようと手を入れたら、首のところがぬるぬるっとした。見ると血がべっとりとついておったし、声もないので、もう死んでしまった思って、そのままにした。そして、さらに一番下（幸枝）を捜したが、これはぜんぜん見当たらなかった。そこで芳昌と一緒に『お母ちゃん、お母ちゃん……』叫ぶと、お母ちゃんの声がしたから、その方向に向かって屋根板とか瓦礫《がれき》を必死になってはいだ。ようやく体の一部が見えるようになったが、柱や壁が押さえつけていて、どうしても助けることができない。そのうち周囲から火の手があがり、このままではお母ちゃんは焼け死んでしまう思い、いっ

子供たちは猛火の迫るなか、母親のもとを離れた／中区富士見町

たんその場を離れて近くの人たちに助けを求めた。しかし、みんな狂人のようになっておって、誰も取り合ってくれなかった。仕方がない、もう一度母親のところへ戻ってなんとかしようとしたが、どうにもならない。いよいよ火が迫ってきて、母親のところまでじりじりと焼けはじめたと。焼かれながらの苦しみの中で、お母ちゃんが言うのに『早く逃げなさい、早く逃げないとあんたたちまで焼け死んでしまう……』そう叱《しか》り飛ばされるように言われたと。それでも子供たちはそこを離れようとしなかったが、もう熱くていたたまれなくなったので、二人泣きながら逃げたというんです」

高野は妻の最期を初めて聞いて、はっとした。死の淵《ふち》にいた芳昌に「すぐにお母ちゃんのそばに……」と告げたとき、苦悶して泣いたことを思い起こしたからだ。高野には浄土と思っていたその場は、芳昌には母親の体が焼ける焦熱《しょうねつ》の地獄だったのだ。高野はそれを知り、胸が張り裂ける思いに駆られた。その悔恨は積年にかかわりなく、脳裏に深くくい込んだままである。

死期を予感しての告白だったのだろうか——外傷一つなかった英明が脱毛を訴えたのは、芳昌が逝って数日後である。

「八月の二十二日でした。朝、起きましたら、英明が洗面所で『お父ちゃん、ぼく頭の毛が抜けるよ』言うんです。『ああそうか、どうしたんかねぇ』言いまして、行ってみましたら、それが洗面器が黒くなるほど抜けとるんですよ。この時はまだ私らは原爆とか放射能とかまったくわからんわけですから、子供には『そのくらいなんでもないじゃろう、気にすることはないよ……』そう言っておりました。ところが毎日抜けて、二十五日にはもう丸坊主でしたね。そしてとうとう寝込んでしまうんです。食欲も日に日になくなっておりました。それでも熱はさほどありませんし、意識もはっきりしておったですが、三十日の朝になりましたら『お父ちゃん、ぼく今晩死ぬるよ。だからぼくのそばにいてほしい』、突然こう言うんです。それで私、びっくりして、何をバカなことを言うんだ、おまえは怪我一つしていないし、お父ちゃんのたった一人の大事な子供なんだ。だから気持ちをしっかりさせてお父ちゃんのためにも生きてほしい。そう言いましたら、さらに『お父ちゃん、でも誰でも死ぬる時がきたらどうしようもないでしょう……』こう言うんです」

自分の死を予告する我が子に、高野はぎくりとし、言葉が続かなかった。まるで悪夢の筋書きのように思えた。沈黙が続いた。臥《ふ》せたままの英明を前に、高野は被爆からの何日かを思い起こした。行方不明のままの悦子の顔が浮かんでは消えた。原爆投下の日、すぐに自宅に戻っていれば——そんな不毛な思いが自分を責めた。

「十一時を回るころは静かに眠っておりました。どうかこの一夜も無事に明けますように……そんなふうに思いながら過ごしますうち、わしもうとうとっとするんですね。そうするうち突然に『お父ちゃん、お父ちゃん』いう声がして気がつくんです。様子がおかしいので『英明！　英明！』って、体を揺すったんですが、もうその時は意識がありませんでした。妹の婿に医者を呼びに走ってもらったんですが、もう駄目で、息を引き取りましたのが三十一日、夜中の零時半でした」

もう少し早く終戦の詔勅を下してもらえたら……

最愛の妻と子供、それも、生き長らえた二人の子供も次々に逝って、高野は気も狂う思いに駆られた。この先どう生きろというのか。家族と生活のすべてを奪い取った戦争とは、それを強制した国家とはなんなのか——明治に生まれ報国の念に生きてきた高野だったが、天涯孤独となった我が身を思い、憤りを覚えずにはいられなかった。

高野は英明を葬って間もなく、やりどころのない思いと家族への鎮魂の念を、長年精進してきた歌に託した。

たひらぎを祈り給《たま》へるすめらぎの
　　みことおそかりき吾におそかりき

この歌は後に『昭和萬葉集』（講談社）に収められ、そのうちの秀歌にも推選されている。

「敗戦の八月十五日、この時はまだ二人の子供が生きておりましたが、この歌は二人が亡くなった直後に詠んだものなんです。天皇陛下の一言によって、あれだけの大きな戦いがぴたっと終わったわけですが、それならなぜ、もう少し早く終戦の詔勅《しょうちょく》を下してもらえなかったかと――これは私の家族だけでなく、もしそうされたら、あんなに膨大な犠牲を出さずにすんだのにと……そのやりきれない悔しさを言葉に込めたつもりです」

当初は生きる気力さえ喪失する状況だった。仕事も手につかず、身を寄せていた妹の家で、なかば病人のような日々を過ごした。

閉鎖されていた国民学校は敗戦から二週間あまり後の九月一日授業を再開し、市立第二国民学校に在籍していた高野に異動の辞令が出たのは、同じ年の十一月。安芸《あき》郡府中《ふちゅう》町立国民学校が新しい職場だった。このころに精神状態もどうにかおちつき、まがりなりにも教壇に立つことができた。

「もう何もかも失ってしまって着の身着のままでしたが、妹の家にも、そう長く迷惑をかけるわけにもいきませんし、最初は近くに小さな部屋を借りましてね。一人住まいの自炊生活です。それをどれくらいやりましたか、そのうち校長先生に『宿直を責任もって勤めますから……』そう言って頼みました。学校の宿直室を下宿代わりに住むんです。少しは蓄えがなくちゃいうことで、学校に居候《いそうろう》して部屋代を浮かすわけですよ。これを二年やりました。食糧はない、着るものはない、とにかくないないづくしでね、このころがなんといっても辛い時代でした」

この間にも周辺では原爆症による死者が続出し、同じ被爆者の高野には、死の不安

旧広島市立第二国民学校（現・市立観音中学校）／西区南観音

が絶えずつきまとった。
四七（昭和二十二）年四月一日、六・三・三学制が発足し、国民学校は小学校と改称された。府中小学校と改名された校長から再婚を勧められたのは、そこに勤めて三年目である。

「第二国民学校の先生方も工場で助かった生徒たちも、その後、大勢亡くなっておりましたし、私もいつ死ぬかいつも怯《おび》えてるような状態ですから、再婚いわれても、とてもその気にはなれんのです。ところが『一人でやるのは大変だし、もう三年もたったんだから、とにかく女房もらえや』そう言って強く勧められましてね。とうとう断り切れなくて、そこで条件として子供を産めない女性がおったら世話してください、こう申しあげたわけです。再婚して子供が生まれる、そのうち私が死ぬ――そんなことがあってはいかん思いましてね。再婚しましたのが四九（昭和二十四）年六月でした。二十四年いいますと、広島はバラック建てがほとんどで闇市《やみいち》の時代ですからね。式いうても名ばかりで、少々のお酒と教え子の家の漁師さんに魚を分けてもらって、媒酌人《ばいしゃくにん》の校長先生の家でやったんです」

時代は変わり、広島は原爆をすっかり忘れたかにも映る、けれど歌に託した高野の思いはその時のままである。高野は今でも時折、妻や子の夢を見る。灯火管制のもとで一家団欒を過ごしたことを、この間のように想い起こすことがある。

「亡くなった家内は教員をしておりましたから、子供の躾《しつけ》は上手でした。子供は親を見て育ついいますが、それを心得ておったんでしょう、ああしなさい、こうしなさい言うのでなく、自分が手本を示すんですね。毎日の食事のときには、必ず姿勢を正して手を合わせ『いただきます』いうように……子供が生まれて教員を辞めるんですが、なかなかできた家内でした。

今も行方がわかりません長女の悦子は朗らかな子でした。友だちもたくさんおったようです。戦時中ですから食べ物がないわけで、友だちが家に遊びにきますと、配給もののアワとかキビを子供の手で炊きましてね、おだんごのようにして、みんなで一緒に食べておったです。みんな心の優しい子でして、長男の英明はこんなことがありました。

広島は川の街ですが、ある時、川岸の舟にお金があったから拾ってきたと、こう言うんです。教員の身で貧乏しておったからでしょう、これには困ってしまいまして、小さい子ですから叱るわけにもいかず、他人《ひと》さまのものを持ってくるようなことは絶対してはいけん、そう言いきかせましたがね。

次女の早苗は内気な子で、一年生にあがりましたときも、お母ちゃんにずっとついていてほしい、そういってせがんだそうですよ。口数も少なくておとなしい子でしたがね。その次の芳昌はまだ五歳でしたが、これがしっかりした子供で、原爆投下の朝でしたが、わしが家を出ようとしました時、自転車のタイヤの空気が抜けておりました。そうしましたら、言いつけもしませんのに、お隣から空気を入れるポンプを借りてきましてね。これには驚きましたが、そんなふうにまだ学校前でしたのに、よう気のつく感心するようなところがありました。

一番下の幸枝はまだお誕生日前でしたから、ハイハイもようできん体なんです。それが面白いんですよ。自分が欲しいものがありますと、思うように動けんので横のほうへごろんごろん転がるんです。こうやって想い起こすと。罪のない女や子供が原爆の一発で家の下敷きになり、しかも焼き殺されたわけですからね。やりきれません」

五六（昭和三十一）年三月、高野はちょうど三十年勤めた教職から退いた。その後、広島市子供育成会などに参加してきたが、七八（昭和五十三）年五月、東京からの修

比治山から見た広島市街

学旅行生に被爆体験を初めて語り、現在も「ヒロシマ」の悲劇を語り続けている。

「人の運命はわかりません。原爆が落とされた時、同じ距離の同じところにいても、死んだ人もおれば助かった方もおる。直接でなく、後で現地へ入っただけで亡くなった方たちもいっぱいおりますよね。私は工場の下敷きになった後、二日間も娘を捜して市中を歩いています。私よりずっと条件のよかった人が大勢亡くなっておるので、いつ死ぬるのか、その不安に絶えず悩まされましたが、一年、二年、三年とたち、とうとう八十歳を過ぎた今も元気にしています。私は信仰を持たない無神論者ですが『高野さんは亡くなったご家族に守られておる……』、この年まで生きて、そう言われますと、家族はもちろん、亡くなられた方々の代わりに生きておる――確かにそんなふうにも思えまして、被爆体験を語るようになりましたのも、亡くなられた人たちを犬死にさせないためにも、この目で見、実感したことを語り継ぐことが生き長らえた私の義務ではないかと……。今でもある段になりますと胸が詰まり、言葉が出なくなることがありますがね……。家族の供養のためにも、元気でいるうちは語り続けるつもりです」

語り部の灯は未来永劫消してはいけない

（二〇〇五年）

高野鼎さんとは一九九〇（平成二）年十月、安芸郡府中町のお宅で面会した。被爆者のなかには固く口を閉ざしたままの人がいたが、語り部を務めていた高野さんはインタビューを快く受け入れてくれた。自らの体験を語るときも、家族を失った悲しみを言葉にするときも、高野さんは決して感情をあらわにせず、理路整然と語った。

高野さんは、確かもう百歳のはずである。お元気でいらっしゃるだろうか——十五年前のノートに書き込まれた電話番号で消息を尋ねると、高野さんの姪《めい》に当たる奥多《おくた》優子《ゆこ》さん（五十七歳）が出られ、高野さんは四年前に亡くなられたことがわかった。

広島を訪れ、奥さんから高野さんの元気なころから最期までの身辺をうかがった。奥さん家族が高野さんと同居したのは、再婚された妻トシコさんが八十三歳で亡くなった九六（平成八）年。この年高野さんは九十二歳。それでも矍鑠《かくしゃく》として短歌を続け、会員の講師を務めていた。語り部の仕事からも身を引くことはなく、依頼を受けると平和公園などに出かけ、修学旅行生や平和運動のグループに、家族を奪い、大量殺戮《さつりく》をした原爆の惨禍《さんか》を語り、平和を訴えた。

高野さんの語り部の仕事は体力が衰え、車椅子を使うようになる九九(平成十一)年まで続いた。高野さんにその都度つき添った奥さんが語っている。「伯父の語り部としての訴えは魂の叫びでした」

明治に生まれ、教育者だった高野さんには、愛国心も日本人としてのアイデンティティすら定かでない戦後の日本が、よほど気がかりだったのだろう、「日本はアメリカの属国になってしまって――」、そんなことを独り言のように話していたという。

ベッドに就いてからも毎日の新聞を隅から隅まで読み、日記を欠かさなかった高野さんは、死期を察してか介護する奥さんに、「多優ちゃんありがとう」、そんな心配りも忘れなかった。同僚の語り部が亡くなっていくことも響いたのだろう、ベッドの脇の奥さんに、「語り部の灯《ともしび》は未来永劫に消してはいけないね」、そう言い、原爆禍の記憶を風化させないことを幾度も口にしていたという。

高野さんは二〇〇一(平成十三)年三月二十八日深夜、流れ星がすっと消えるように九十六年の生涯を閉じた。最後を看取った奥さんは、「伯父はそれは立派な人でした」、そう話した。

寺前妙子……三十三年目の訃報

何もかも溶けてしまうような感じ

一家は広島市内の千田町《せんだまち》に住んでいた。家業は材木商で切り出しから製材、販売まで営んでいたが、戦局が緊迫するにつれ、商いを縮小し、父親の応召を機に休業を余儀なくされた。

中前家の長女、寺前妙子《てらまえたえこ》（旧姓・中前）が学徒動員で市内中町《なかまち》の広島中央電話局へ配属されたのは、一九四五（昭和二十）年の春である。爆心地から電話局までは約五百五十メートル。妙子は八月六日の朝も、同僚とともに出勤した。

三〇（昭和五）年七月生まれの妙子が市内南竹屋町《みなみたけやちょう》（当時）にあった私立進徳高等女学校（現・進徳女子高校）に入学したのは四三（昭和十八）年四月。家族は両親と弟二人、妹一人の六人だった。徴兵制のもと、男たちが次々と戦場へ駆り出されるなか、学徒戦時動員体制がとられたのは同じ年の六月である。

「戦時色が強くなって、学校の服装は上がセーラー服、下はモンペですよ。女学生いえば、箸《はし》がころんでも笑う年ごろでしょう、ところが、あのころは笑顔をみせちゃ

中前家が材木商を営んだ中区千田町

いけんのです。電車の中で笑ったりするとほかの乗客が『今、どういう時局かわからんか！』いうてね、きつく叱《しか》られました。

二年生になった年の秋でしたかね、勉強もできんくなって勤労奉仕に出かけました。出征兵士の農家じゃいうて、稲刈りを手伝うんですよ。五、六人ずつ班を組んで、あなたたちはこの家、もう一つの班は次の家、いうふうにね。そこでみんなが喜んだのは、白いおむすびが食べられたこと。サツマイモのふかしたのを食べさせてもろうたり。食糧難で学校の庭まで畑になっておった時ですから……」


このころ、家業の材木商も統制による品不足と使用人の応召が重なって、営業はほとんどできなかった。妙子がほかのクラスメートとともに勤労動員されたのは、四五（昭和二十）年三月六日。この日、校庭には下級生が整列し、出発する上級生を拍手で見送った。四十二歳だった父親の晟《あきら》に召集令状が届くのはそれから間もなく。休業と同時に、中前家は晟の郷里である佐伯《さえき》郡観音《かんおん》村（現・佐伯区五日市）へ疎開《そかい》した。

「動員の日はちょうど地久節《ちきゅうせつ》でした。皇后さまがお生まれになられた日ですよねぇ。わたしら二年生は五十人が六クラスで、三百人ほどおったです。そのうち半分が電話局、あとの半分が貯金局へ行きました。出発の時はセーラー服の左腕に〈学校報国隊〉と書いた菱形の布を付けて、左の胸に名札、頭に鉢巻きしめてねぇ。市内の十日市町《とおかいちまち》に西分局いうのがあって、最初はそこで教育と訓練を受けました。ここに一カ月ほどおって中央電話局には四月の中ごろでしたか、配属されるんです。疎開してからは観音村から通いました。物資がない時じゃから、ちびた下駄ばきなんですよ」

動員学徒の仕事は、市内と市外の電話交換と通話の記録の三部署に分かれ、それぞれ交替で勤務に就いた。電話局には機密の軍用電話が頻繁に入ってくる。軍用電話にはその都度赤ランプがつき、その回線には学徒たちは絶対手を触れてはならなかった。

中前家では四四（昭和十九）年十一月、三人目の男の子が生まれ家族は七人になっていたが、父親が応召したため、疎開していた二十年八月時の家族構成は母親・タマノ（三十四歳）、長女・妙子（十五歳）、次女・恵美子（十三歳）、長男・定夫（十一歳）、次男・忠（七歳）、三男・行雄（一歳）の六人。このうち市内へ通っていたのは、妙子と第一県女（広島県立第一高等女学校）一年だった恵美子の二人だった。

「あのころは広電の宮島《みやじま》線で通っておりましたね。最寄りの楽々園《らくらくえん》駅まで歩いて二十分ぐらい。そこから電話局まで四十分ほどでしたか。勤務は七時出、八時出、九時出があって、六日の日、私は七時出でしたから、朝早う家を出て、六時ごろの一番電車に乗りました。すぐ下の妹は『建物疎開の手伝いじゃ……』いうて、私の後、市内の土橋《どはし》の辺に行くいうて出たそうです」

服装は半袖シャツにモンペ。ここでも頭に鉢巻きをつけ、下駄ばきだった。妙子は七時前、電話局に着き監督指導の先生や友だちとあいさつを交わし、すぐに勤務に就いた。この日妙子は市外電話の担当で、一時間ほど働いて十分休憩したあと、次の勤務に就くため、同僚数人と二階の休憩室前に一列に整列した。

電話局は鉄筋コンクリート二階建て。妙子たちがいた場所は庁舎の北側に面した廊下で、その位置から爆心地はほぼ北西に当たる。妙子は、その方向の真っ青な空に銀色に光る指先ほどの物体をはっきりと見た。

「あの日は雲一つないよく晴れた日で、今日も暑くなるかねぇ、夏休みの時じゃし、戦争さえなければどこかへ遊びに行かれるのに……。そんなことを考えながら十人ぐらいでしたか、みんなで並んでおったら、きらきら光るものを見たんじゃね。それがみるみるうちに大きくなって光を増してきたので、何が落ちるんかな思って、友だちに『あれ、なんかねぇ！』って指をさしたんです。その時ですよ、ピカッと光って、あとはもう何もかも溶けてしまうような感じでしたね。なんていうんか建物の中が隅から隅まで見通せるような真っ白な世界になって、その次はドーンという、もの凄《すご》い音と地響きがして、今度は真っ暗ですよ。そこで気を失ったんか思うんよ、気がついたら何かの下敷きになっておって、体を動かそうにも動かされん。そのうち近くから『助けて！お母ちゃん！……』『痛いよ、お母さん！……』いう声が聞こえてきてねぇ」

妙子は真っ暗な中で、夢でも見ているような思いに駆られた。やがて顔から口、首筋から体へとぬるぬるしたものを感じた。後で気づくのだが、妙子は爆風を受けた瞬間、顔面を切り裂かれ左の眼球を失った。口や体に伝わった感触は、傷から噴き出た流血だったのだ。にもかかわらず痛みを感じた記憶がないのは、衝撃がそれだけ強烈だったからだろう。暗闇の中で妙子は一人念仏を唱えた。

「私の家は真宗《しんしゅう》で、小さいころから母親に連れられて、お寺さんにようお説教聞かされに行きました。戦争が激しくなって、いつ爆弾でやられるかわからない。もし災難に遭ってお父さん、お母さん！って叫ぶようなことがあったら一声でもいいからお念仏を唱えるように、言い聞かされておりました。親鸞聖人《しんらんしょうにん》は、お念仏を唱えれば人間は死んでからもまた家族に会える、そう教えていますよね。ですから真っ暗な中に閉じ込められていても、私は割合おちついておられた思うんです」

同僚たちの助けを乞う声は続いていた。そんな時だ。「学徒は学徒らしく頑張るのよ！……」よく通る声が闇の中に伝わった。生徒たちと行動をともにしていた担任の脇田千代子《わきたちよこ》先生だった。師弟の絆《きずな》がかたく結ばれていたからだろう、それまで聞こえていた悲鳴や泣き声がぴたっと止《や》んだ。妙子も先生の声に促され、生きようと思った。どれほどの時間がたったのか、体を動かすうち何かに押さえられていた状態からようやく抜け出すことができた。どこからかがらがらと建物が崩れる音が聞こえた。

「下敷きのようになっておったのに、幸い歩けたんじゃね。やっとのこと、そこを脱出して、あれはどれくらいでしたか、おそらく五メートルぐらいのところの階段まで行ったら、そこはもう人がいっぱい倒れていて、下に下りようにも下りられんのです。電話局の人、女子挺身隊《ていしんたい》の人、私たちのような動員学徒、みんな折り重なって

妙子は暗闇の中で念仏を唱えた／中区中町＊

ねぇ。ああこれは駄目じゃ思って、窓の外を見てびっくりしました。さっきまで真っ青だった空が真っ暗になって、街路樹は黒く焦げて幹だけになっておる。近くの日本銀行とか、中国電力の窓という窓からは火が出ておりました。これは早うしないと電話局も火になってしまう思って、申しわけないが倒れておる人たちを踏み越えるようにして、中二階まで行き、そこから飛び降りたんです。それで不思議なのは飛び降りたところはガラスの破片とか危険な物がいっぱいあったはずですが、もちろんそのときは裸足ですよ、なのに怪我がないんですね。もしここで足を折ったり足の裏でも切っておったりしたら、逃げようにも逃げられんで焼け死んだでしょうよ」

何が起きたのか、妙子はまったく見当がつかぬまま、とにかく一刻も早くその場を逃れようと思った。中町の電話局から見た比治山《ひじやま》は、ほぼ東の方角に当たる。そのお椀《わん》を逆さにしたような山が、壊滅した街の向こうにぼんやりと見え、自然とその方向に足が向いた。電話局から比治山手前の京橋川《きょうばしがわ》までは、普通は徒歩で十五分ほどの距離である。が、倒れた電柱やばらばらになった家屋、燃える火の手が、行く手をはばみ、容易には進めなかった。どのくらい歩いたのか――京橋川に着くまで相当の時間を要したはずだが、妙子は途中、人っ子一人見かけなかった。

「ごうごう、ごうごうと音がして炎が追いかけてくるような、そんな中をあっちへ行きこっちへ行き逃げたわけね。やっとのこと川まで来ましたら、十歳ぐらいの男の子と五歳ぐらいの女の子がおりました。女の子は爆風でじゃろう、素っ裸で死んだようになっておって、火の手がどんどん追ってくるのに、男の子は逃げようともせんで女の子の手を引っぱって『死んじゃいけんよ、死んじゃいけん……』いうて泣き叫んでおるんですよ。本当なら助けてあげにゃあいけんのに、火が追いかけてくる。自分が逃げるのが精いっぱいじゃから、声もかけられんのです。そのことが気になって……。今になってもあの時の子供はどうしたじゃろうか思いますとね……」

川辺までたどりつくと鶴見橋が右手に見えた。人馬を通すだけの木造の橋は、爆風で破壊されていた。水面から露出した欄干《らんかん》や橋げたが黒く焼け焦げ、ところどころで炎をあげていた。この時点では、妙子の目はまだどうにか見えた。京橋川はちょうど満潮時で、満水の川岸には体を焼かれ、髪の毛をぼさぼさにした被災者がずらりと並び、対岸に向けて救助を求めていた。市中の火災はますます火勢を強めている。どうしたらいいか、たじろいでいた時だった。

「同じ電話局におった女子挺身隊員の松本さんいう方でしたけど『あなた、ひどい怪我じゃったねぇ……』いうて声をかけてくれたんですよ。そう言われても、私にはどのくらいの傷なのかようわからんのです。そして、どこから持ってきたのか、当時は貴重品のタバコを、細かくほぐして顔の傷口につけて血止めをしてくれたんです。そうしているうち、今度は潰されたとき励ましてくれた担任の脇田先生がやってきてくださって。わあ、嬉《うれ》しい思いましたが、後ろのほうは火の海になっておるし、橋は渡れん。先生が『泳げるか?』言われるん。私、小さい時から同じ京橋川で泳いでおったので『泳げます』言いましたら、じゃあ手を引いてあげるから、ということになって一緒に川へ飛び込んだんですがね、このころから目がよう見えんようになるんです。一生懸命泳ぐんですが、目がよう見えんし、意識が朦朧《もうろう》としてきて、泳いでおっても先生の手が離れてしまう。これはもう駄目じゃ思いながら、やっとのこと岸にたどり着くんです」

九死に一生を得ての脱出だった。人間は排他的な半面、死の淵《ふち》にあっても他人に心を配る優しさを持っている。妙子には松本の心遣いも幸運だったが、脇田と川辺で出

京橋川の鶴見橋付近／中区鶴見町＊

会えなかったら、今日ある生命もどうなっていたかわからない。

水辺からはいあがった妙子は、脇田に促されて比治山へ逃げることにした。岸辺に立ってすぐだった。はいていたモンペの裾《すそ》をしきりに引っぱる人たちがいる。周辺から苦悶《くもん》の声が聞こえた。

「それがもう、あっちからもこっちからも引っぱられて『助けてください。私はどこの誰々だからお母ちゃんのところへ連れてって……』言われたり。そうか思えば『熱い熱い、お水ください。熱いからお水を……』ってねぇ。私はもう目が見えんようになっておったので、先生に『どうしたんかねぇ?』いうて聞きましたら『たくさん中学生や女学生が倒れておる』って。そんなじゃからなかなか進めなくて、足の踏み場を探すようにして比治山へ向かったんですよ」

何時ごろだったろうか。比治山に着くと、それまで真っ暗だった様相が次第に明るさを増し、真夏の太陽が照りつけるさまが、顔や体の感触からわかった。比治山の麓《ふもと》には軍の救護所ができ、大勢の被災者が救助を求めて集まっていた。

妙子に付き添うようにしていた教師の脇田が「怪我をしている生徒がほかにいるか

間もなくである。

ら……」そう言ってそこを離れたのは、妙子が手当てを受けるため順番の列について

「先生は私たちとあまり変わらんお年でしたけど、とても責任感の強い方でした。『必ず戻ってくるから……』そうおっしゃって、ごうごうと音をたてて燃えさかる火のほうへ出て行かれたんです。わかっておれば『先生、行っちゃいけん、私と一緒におって……』言うて止めとったですがねぇ……」

妙子はそこで応急処置を受けたが、手当てを終えても脇田は戻らなかった。顔面全部を包帯で巻かれた妙子は、救護班の指示でほかの被災者とともに軍用トラックに乗せられ、陸軍の暁《あかつき》部隊が駐屯《ちゅうとん》する広島湾内の金輪島《かなわじま》に送られることになった。トラックに乗せられ船で運ばれる途中も、水を求め家族を呼ぶ声が絶えず聞こえた。

「部隊のどんな部屋に運ばれたのか、目が見えんのじゃからわからんけど、島に着いてびっくりしたのはたくさんの兵隊さんの声がして『あの生徒も死んだ、こっちの子も死んだぞ……』いうて、声を張りあげてるんですよ。それからはもう昼やら夜や

らさっぱりわからんです。周りの声を聞いて『ああ、朝になったかいな、静かじゃから夜かいな……』思うぐらいでね。そのうち身内の方たちが捜しにきはじめるんじゃが『さっきまでお母さんお母さん呼んでおられたが、つい今しがた息を引き取られましたじゃ……』そんなに言うのが、みな耳に入ってくるんですよ。それで、私も誰か早う来てくれんと死んでしまうのに——思いながら過ごしたんですが、五日目じゃったね、思ってもいなかった父が来てくれたのは……。父は国防召集を受け県内の部隊におったので、原爆が落ちるとすぐに家に戻されたらしいです」

「人間は生きなくちゃいけん」

中前家の家族のうち原爆投下時、市内に出ていたのは妙子と次女・恵美子の二人。妙子は中央電話局で被爆したが、やはり女学生だった恵美子は建物疎開の勤労奉仕のため、爆心地から約七百メートルの土橋付近に出かけていた。父親の晟は部隊から戻ると、二人を捜すためすぐに市内へ向かった。晟が「土橋におった第一県女の生徒は己斐《こい》の国民学校へ避難しなすった……」そんな情報を聞き込んだのは七日朝。すぐに足を運んだ。救護所となった校舎は、講堂も教室も被災者でいっぱいだった。

広島湾に浮かぶ金輪島桟橋

「父が申すには、廊下まで怪我人があふれておる。それがみんな顔も体も焼かれておるから、どれを見ても識別がつかん。校内を三回ほど見て回ったけど、それでもわからんので、『第一県女の中前恵美子、おらんか！』いうて叫んだそうですよ。そしたらたまたま足もとにおった子が恵美子じゃったそうで……。土橋いうたら爆心地と同じですよ。その屋外で被爆したんですから……。誰の顔かもわからんくらい焼かれておるから目も見えん。お父さんの声で初めてわかったんじゃね。恵美子が『お母さんとこへ連れてって……』言うので、父は『待ってなさい、大八車を持ってくるから』そう言って、そこを一度離れたんですが、戻った時にはもう死んでおったって……。父はそんなになるなら『車なんか取りに出ないで、そのままついてあげたらよかった』って、後で泣いとりました」

一方、死の淵《ふち》に置かれていた妙子が父親の晟と対面できたのは、八月十一日。晟は恵美子の亡骸《なきがら》を自宅に戻すと弔《とむら》いを家族にまかせ、市内に出向いて妙子の行方を捜して回った。学校、病院、救護所と名のつくところを一つ一つ捜し歩いた後の、奇跡に近い面会だった。金輪島の救護所から疎開先の観音村に戻れたのは、対面の二日後で

広島港（宇品港）／南区海岸通り

ある。

「島から船に乗せられて宇品《うじな》の港に着いたときは、これで家に帰れるわ思って、嬉しかったですよ。けど、目は見えんし顔の傷が痛うて。乗せられている大八車の振動が傷口にびんびん響くんです。痛いよ痛いよいうて父を困らせたんですが、やっとのこと家に着いたら『よう帰っちゃった、帰っちゃった……』いう声がして、何人もの人たちが、私にしがみついて泣かれるんですよ。どうしたのか思ったら、みんな市内に出たまま行方不明になっておる子供のお母さんたちなんですね。それ知ったら、私だけ帰ったのが申しわけないような気がして、それは辛かったですよ」

疎開先の住居は親戚が工面してくれた納屋《なや》で、帰宅した妙子はそこの二階に寝かされた。家に戻ったその日、家族が揃った場で、それまで巻いたままだった顔の包帯を初めて解くことになった。一日も早く治癒してほしいという両親の心遣いでもあった。次女の恵美子は無惨な姿で息を引き取ったが、妙子がそれほどむごい顔に変わり果てていようとは、家族は誰も想像していなかったに違いない。傷口にくっついた布が少しずつ解かれ、顔がだんだんと現れても、誰もが無言だった。妙子の心を察してだが、沈黙の中、長男の定夫がたまりかねたように声を発した。

「父も母も驚いたじゃろうに、何も言わんかったです。ところが何もわからん弟が『お姉ちゃん、お化けのような顔になって帰っちゃったね！』そう言うたですよ。私には思いもよらない言葉ですから、『お化けのような顔⁉』いうて思わず問い返しましたら、父が弟らに『あんたら早う下に下りんさい！』いうて叱るように言っておったですよ。そして『心配せんでいい、たいして怪我しておりゃあせん、早う元気になるのが一番じゃ、恵美ちゃんのようにな、死んでくれちゃあ困るけ、とにかく早う元気になってくれぇ』ってね。そういうだけで怪我のことはいっさい言わんのですよ。けど、私の頭の中には〈お化けのような顔〉いうのがこびりついて離れんようになりました」

重傷を負いながらも、生の望みをつないでいた妙子には残酷な宣告だった。〈お化けのような顔〉――視力を失ったままの真っ暗な脳裏に、えたいの知れない自分の顔が消えては浮かび、気持ちは塞《ふさ》ぐばかりだった。そんな体に追い討ちをかけるように、高熱が襲うのは家に戻った翌日。巷間《こうかん》のあちこちから帰宅被爆者の死が伝わっていた。

「熱が出てからは頭が痛うなって髪の毛も抜けはじめる……そして、だいぶ固まりかけた顔の傷までが化膿しだしたんです。そうするとそこへ蛆《うじ》がわくんですね。蛆がいっぱいわくもんじゃから父も母もそれを取るのが仕事じゃった、言いました。もうそのころは、やっぱり駄目じゃった駄目じゃったいう声があちこちから聞こえてくる。私も頭の毛が抜けるわ、体には斑点《はんてん》が出るわ、しておりましたから、父も母も半ばあきらめてはいたようですよ。けどね、半分は駄目じゃろう思いながらも、両親は昼も夜もなく、必死で看病してくれましたから。両親だけじゃなく弟たちも『姉ちゃん、早うよくなって……』言うてね、近所の人たちもいい人ばかりで、畑でとれたトマトとか海の魚とかを『これ食べんさい……』言うて持ってきてくれたりねぇ……」

金輪島での父親との対面、そして帰宅してからの周囲の手厚い看病が妙子の命を救った。高熱もしだいに下がり、一カ月が過ぎると顔の傷口も乾いてきた。妙子が何より嬉しかったのは、視力が少しずつ回復してきたことだった。目が見えるようになると、妙子は気がかりな〈お化けのような顔〉を確かめたい思いに駆られた。納屋の二階にとどまったままの妙子は「顔が見たいけ……」そう言って鏡をねだった。鏡をせがんだのは一度や二度ではなかったが、両親はその都度「鏡など見んでもいいに……」そう言って取り合ってくれなかった。被爆から二カ月後、外出ができるようにまでなった妙子は初めて自分の顔に触れた。被爆の時、左の眼球を失っていたことも、この時知った。

「ようやく元気になって両親がおらん時、鏡を見つけて見たんですね。それはもう心臓が止まるくらいのショックでした。顔の真ん中は刃物で切られたような傷で口があいておるし、左の目は眼球が飛んでしまって、にぎりこぶしが入るくらい大きな穴になっておる。これを見た時は、生きていてもつまらん思って、助かったことは感謝しなければいけんのに、先生はなぜ助けたんじゃろう、川に飛び込んで泳いだ時、何べんも先生の手から離れたんじゃから、いっそあの時、死んどったらよかったのにって。親がおる間はいいけど、亡くなったらどうやって生きたらいいのって。そんな気持ち、誰にも言うことできんでしょう、じゃから亡くなった妹の写真に向かってね『あんたは死んどいてよかったねぇ……』って、何度も言うたですよ」

この年十五歳だった妙子は、自分の顔を知って悲嘆にくれた。なぜ罪もない人間にこんな辛苦を強《し》いるのか――爆弾を投下したアメリカが憎かった。日本が無条件降伏し戦争が終わっても、気持ちは塞いだままだった。そんな妙子を両親は、ことあるごとに励まし、生きる尊さを諭《さと》した。

学校は閉鎖されたままだったが、被爆から三カ月がたった十一月、進徳女学校から呼び掛けがあり、己斐の善法寺で学校にかかわる被爆犠牲者の慰霊法要が行われた。心の傷はまだ癒《い》えてはいなかったが、妙子は勇気を振りしぼって出席した。

「両親から『人間は生きなくちゃいけん』そう、いつも教えられていたので、早く立ち直れたんじゃね。法要の時もまず脇田先生に会うて、助けてもろうたお礼を申さねばいけん。クラスメートにも会いたいし、私が生きてるんじゃけん、みんなに会えると思ったんよ。けど、行ってみたら大勢の人たちが亡くなられてしまって……。電話局で一緒におった二人の先生のうち野口先生は即死。比治山で別れた脇田先生は行方不明。閃光《せんこう》を受けた時一列に並んでおった井上さんと児玉さんも、亡くなっておられました。あとになってわかるんですが、勤労動員された進徳高女三年生は百二十人くらいで、そのうち生き残った生徒はわずか二十八人です。あとの方たちは死亡、または行方不明のままなんです」

平和大通りの立木／中区富士見町

結婚、子宝にも恵まれて

広島は敗戦の年が明けても焦土のままだった。が、日がたつにつれ、人々は疎開先や避難先から戻ってきて、焼けたトタンを集めてバラックを建て、生活を始めた。南《みなみ》竹《たけ》屋《や》町《ちょう》の進徳高女も爆風と火災で焼失したが、四六（昭和二十一）年四月、市内皆実《みなみ》町《まち》にあった電信隊の兵舎で授業を開始した。このころには市内電車も復旧し、妙子は疎開先の観音村から電車で通学した。通学途中、妙子は被爆者に向けられた差別の視線をしばしば目撃した。

「電車から見る広島は、焼けただれたコンクリートの建物がぽつんぽつんと残るだけでした。傷を負った人もいっぱい乗っておったころで、あれは通学し始めて間もなくじゃったねぇ、私の乗っておった電車に、顔やら首を焼かれた中学生がずらっと座って、乗っちょりました。耳がなくなっておったりケロイドで顔とか首がひきつったり。それがみな、やりきれんからでしょう、うずくまるようにして座っちょるんですよ。私、その姿を見て、この人たちも大変だったんじゃ、苦しんできたのは私だけじゃないんだ思いましたね。

そうするうち、途中の停留所から四、五人のおばさんたちが乗ってきて、車内を見据えてから言ったんです、『ああ、気持ちぃ悪い、こんな電車に乗っちょりゃあせん……』。そして、次の停留所で降りよったです。これを見て私は、胸の中が煮えくり返る思いでいっぱいでしたね。広島の人じゃったら被爆者がどれだけ犠牲になり、どれだけ苦しんどるか、知っとるはずじゃのに……。一億一心——とか、勝つまでは頑張ろう、とか言っておったのが、戦争に負けたらこうになるんか思いましたね」

被爆者の痛みは当事者でなければわからない——妙子はそう思った。車中で目撃した身勝手な人の振る舞いが腹立たしかった。この時だけではない。妙子が女学校を卒業した四九（昭和二十四）年、広島市で「ミス広島」のコンテストが行われた。多数の市民が犠牲になり、生き残った被爆者が原爆症の恐怖にさいなまれていた時代である。その中には、妙子のように娘盛りの若い世代も大勢いた。妙子はそんな広島でなにが美人コンテストか——と主催者の無神経さに怒りを感じた。

妙子の顔面には眼球を失った左の目から鼻、さらに右の喉《のど》にかけてと、右の目じりから頬《ほお》にかけての二つの深い裂傷の跡があった。妙子は同じ四九年、その悪魔の傷跡を初めて手術した。

「今はふさがっておりますが、そのころは親指がはまり込んでしまうくらい傷が口をあけておったです。手術したのは五日市の三宅外科で、麻酔されても全身ではないので、手術するメスが天井に映ってようわかるんです。この時も、ほんとアメリカが憎い思いました。なぜこんな目に遭わにゃいけんの思ってね。麻酔が効いているうちはいいんですが、切れてからが痛うてねぇ……。その後も手術は二回やりました。義眼を入れたのは五五（昭和三十）年でしたか、二十五歳でしたか、それまでは眼帯したり色眼鏡かけたり。たいがいの人は『大変じゃったねぇ……』言ってくれましたけど、サングラスが今のように普及してないころじゃから、なかには色眼鏡なんかして生意気じゃあ、言われたりねぇ」

話がここまで進んで、妙子は若いころの、ある男性との出会いについて口を滑らすようにふと漏らした。相手への配慮から身の上についてはいっさい明かさなかったが、彼が現れたのは妙子が二十歳の時。彼の求愛に妙子は引かれ、二人の恋愛は二年、三年と続いた。異性との交際などとっくにあきらめていたので、男性の出現は妙子には大きな喜びだったし、生きる望みにもつながった。二人の愛は大きくふくらみ、お互い結婚を考えるようになった。が、ここでも原爆が妙子の心を深く傷つけることになる。

「その男性《ひと》とは結局、五年間つきあうんです。五〇（昭和二十五）年から五五（昭和三十）年ごろですから、顔を手術する時代と重なるんですね。あのころは被爆者は原爆症でたくさん死んでおったし、結婚したら奇形児やら小頭症の子供も生まれる――そんな噂《うわさ》がしきりにたっておったです。そんな時だから私が結婚して、もし万が一そういう子供が生まれたら、子供がかわいそうだし相手にも迷惑かけてしまう、そんなふうに考えたんですね。で、私さえ我慢すれば不幸が起こらずにすむって……。せっかく好きになってもらえた男性《ひと》じゃから辛かったけど、一生涯、結婚せんから言うて、私のほうから涙ながらに別れたん。それが先方にとっても幸せじゃあ思うてねぇ」

中前家は戦後、材木商を復活させ、戦前のように製材と販売を始めている。妙子は手術後、家業を手伝い、お茶やお花、編み物など習い事をしながら、五六（昭和三十一）年には戦災で死亡あるいは負傷した動員学徒の補償運動にも参加した。この運動は五九（昭和三十四）年に「戦傷病者遺族等援護法」を生み、六七（昭和四十二）年には広島平和記念公園の一隅に「動員学徒慰霊塔」が建てられている。

「あの閃光のもとで、六千人以上もの学徒が亡くなっておるんです。それがみな準軍属としてお国のために働いておったのに、それまでは忘れられた戦争犠牲者いうか、亡くなった人も傷病者もなんの補償も受けてないんです。それではいけんいうので、該当者に対しての年金支給と、当時の学徒は死んだら靖国神社に祀《まつ》ってもらえる、それが誇りで一生懸命働いたわけですから、それを認めてもらったんです。そして、若い人たちの死を無駄にしてはいけん、平和の尊さを恒久的に訴えるためにも、ということで全国に募金を呼びかけ、慰霊塔が建てられたんです」

顔面の手術、動員学徒の援護運動と、妙子は被爆後を精いっぱい生きた。それだけ戦後の長い歳月があわただしく「夢みたいに過ぎた」と述懐する。

妙子には二人の子供がある。一時は断念したが、六三（昭和三十八）年、縁あって結婚し、二人の子供も立派に成人した。原爆は直接的に肉体をむしばんだばかりでなく、被爆者にその後の結婚、出産への不安を強いた。あからさまな差別もあった。しかし、寺前さんのように元気な子供を産み、育てた人も多くいる。苦しかった時代を顧みれば、今は「申しわけないほど幸せ」と言う。けれど、被爆者が異口同音に語る

「動員学徒慰霊塔」／中区大手町

ように、妙子の脳裏から「ヒロシマ」が消えたことは片時もない。犠牲者の慰霊法要の際、行方不明と知らされた恩師の脇田を、妙子はその後も捜し続けた。

「助けていただいたお礼をいつかは――そのことが頭にこびりついて、学校とか生き残った友だちに声をかけて、ずっと捜しましたけど、十年、二十年、三十年が過ぎてもわからんかったです。それが、三十三年目になって突然学校から知らされました。脇田先生は被爆の年の八月三十日、呉《くれ》の共済病院で亡くなられておったって……。電話でそれを知って、もうがっくりとしましたね。先生は私と別れてから一カ月も生きられなかったわけで……。まだ二十《はたち》そこそこの若い先生でした。今が幸せじゃけに申しわけない気がしてねぇ」

広島は復興した。ビルが林立し平和記念公園以外からは、原爆の跡はまったくといっていいほど消えている。けれど――。

「『あんたの傷、交通事故か？』言われるくらい原爆は遠くなりましたけど、毎年八月六日が来ると、妹も先生も友だちも、その日まではみんな元気じゃったのに。あの八時十五分、その時が来ると、ここでみんなの運命が変わったんじゃ——そんな思いにねぇ、いつもさせられるんですよ。毎年その時になると、頑張ろう頑張ろう言っていたみんなの姿が浮かんできて自然と涙が出ちゃうんです。そのうちでも妹の恵美ちゃんは家族で一人の犠牲者じゃから、いつも頭から離れんですよ。利《き》かん人でケンカもようしましたけど。もう空襲が始まっておったころ、私が『日本は負けるかもしれんよ……』言うたら火のように怒ってねぇ、髪の毛摑《つか》んで『もう一回言うてみんさい……』言うて。勝気な人でしたから私のほうは『いや、勝つ勝つ、きっと勝つよ……』って逃げよりましたがね。今（一九九〇年当時）、元気でおったら私と二つ違いじゃから五十八になりますね」

語り継ぐことは被爆者の義務

（二〇〇五年）

寺前さんとの再会は十五年ぶりになる。この時寺前さんは欧米やアフリカなどから広島を訪れた、非常利組織が募集して集まったセミナー参加者に被爆体験を語る、というので同席した。

十五歳の時被爆した寺前さんは、今年七十五歳。被爆証言についての心のうちを語った後、脳裏に刻まれた惨禍《さんか》の記憶を言葉を選びながら述べた。

爆心地からわずか五百五十メートル。閃光《せんこう》と爆風を受けた時、顔面に深い裂傷を負い、左眼球を失ったことにも気づかず、地獄のような中を比治山に向かって逃げた。

奇跡的に生き長らえた体験のあらましを語り、終わりに際し繰り返してはならない原爆禍と人命の尊さ、世界平和を訴えると、一同から拍手が湧いた。

寺前さんが被爆証言者として被爆体験を公の場で語り始めたのは、第一回原水爆禁止世界大会が広島で開催された一九五五（昭和三十）年からである。その時から半世紀、寺前さんは現在も修学旅行で広島を訪れる学生、生徒、世界各国からの訪問者に語り

脇田先生が眠る徳永寺墓地／中区銀山町＊

続け、その回数は年間約五十件にも及んでいる。

広島で爆死し放射能障害で死亡した被爆者は二十数万人にのぼる。寺前さんは今も証言を続ける理由を、「原爆の苦しみ悲しみを語り継ぐことは、私のような被爆者の義務。命を助けていただいた方々の恩に報いることでもありますからね」、そう話し、今ある幸せについても触れた。

寺前さんは被爆してからの数年間、お化けのような顔をはかなみ、死を思ったこともあったという。顔面を手術するときも、なぜこんな酷《ひど》い目に、とアメリカを憎んだ。しかし、歳月が重なるなかで結婚し、二児にも恵まれて人生の喜びを手にすることもできた。

人間は苦あれば幸せを願い、幸せあれば苦の日を想う。

寺前さんは今が平安であればそれだけ、あの惨禍のもとで亡くなった人々のことを想う。とりわけ死の淵《ふち》で手を差し伸べてくれた脇田先生のことは、一日として忘れることはない。

「先生ありがとう、その一言が言えなかったことが残念でなりません——」

脇田先生の墓は中区銀山町《かなやまちょう》の徳永寺にある。寺前さんは巡る年ごと新年の一月二日と、先生の命日に当たる八月三十日、墓にお参りし、今ある幸せを報告する。

中尾　伝……火の海

「もの凄う熱かったのは覚えておる」

家族と一緒に広島市江波町《えばまち》（現・中区江波本町）に住み、近くの造船所に勤めていた。その日は勤務を外れ、同僚らと市内の中心街で進んでいた建物疎開《たてものそかい》の勤労奉仕《きんろうほうし》に参加した。早朝、江波町の家を出て、作業の場所には決められていた時間の午前八時少し前に着いた。雲一片ない快晴。作業が始まって間もなく、近くにいた誰かが銀色に光る機影を目撃して声をあげた。それからすぐ、ピカッと光ったのは覚えている。中尾はそのまま、巨大な閃光《せんこう》の中に吸い込まれて気絶した。

「ヒロシマ」の悲劇を刻印した原爆ドーム。その脇《わき》を通りかかったとき、鳩《はと》と遊ぶ初老の男性に会った。その人が被爆者であることは顔のケロイドが告げていた。声をかけると「これが楽しみでのう」そう言い、パン屑《くず》を撒《ま》いていた手を休めた。

中尾伝《なかおつとう》は一九二九（昭和四）年九月十九日、広島市江波町に生まれた。父の豊三は地元の三菱重工業広島造船所江波工場で守衛として勤めていた。中尾が国民学校高等科を卒業したのは四四（昭和十九）年三月。その四月、父親の勧めもあって、同じ三菱造船所の養成工として就職した。

「食べ物、着る物、すべて苦しい時でのう。養成工ってのは見習いじゃけん、週に一回か二回じゃったか、学問の日があるんですよ。国語、数学、専門の造船学が主じゃったが、英語もいくらかあった思うんじゃがのう。この日のほかは現場に出てビョウ打ちしたり、アングルの骨組みしたり。そいじゃから勉強の日が楽しみでのう。造る船は輸送船で、なにしろ非常時じゃから戦時標準型、六六〇〇トン、全部同じ型の船じゃったね。給料もほかの会社と比べると、だいぶ余計もろうておったですよ」

原爆投下の四五（昭和二十）年、中尾の家族は豊三、シズの両親と兄弟六人。長男・優は兵役で中国へ赴き、四男・仁之が国民学校の集団疎開で広島を離れていたが、長女・豊子も三菱造船に勤め、三男・誠は市内比治山《ひじやま》の商業学校へ。五男・修と末っ子の直子は未就学で、両親らと江波町の自宅で暮らしていた。

「造船所は自宅からすぐのところですよ。そこへ毎日通っておったです。戦況が日に日に悪うなって、あれは終戦間際じゃったねぇ、造船所からは兵学校のある江田島《えだじま》がよう見えるんじゃが、そこへ米軍の艦載機が群れをつくって飛んできて、機銃掃射《きじゅうそうしゃ》じゃね、もの凄《すご》う低空で突っ込むん。原爆のあの日はちょうど勉強の日だったんじゃが、市内の建物疎開の片づけするいうので、同期生三十人ぐらいじゃね、みんなで出かけたですよ。取り壊した家屋の柱なんか防空壕《ぼうくうごう》つくったりするための材料にしたり、そんなんじゃったね」

この年は三月九日の東京、五月十四日の名古屋と、米軍の空襲は日に日にエスカレートし、広島も時間の問題とされていた。広島市内の建物疎開は米軍の焼夷弾《しょういだん》爆撃を想定して進められた。密集地域の建物を取り壊し、緩衝地帯をつくることで災害の際の延焼を最小限に食い止める、というものだった。この取り壊し作業には国民学校や中学校の生徒はじめ、隣組《となりぐみ》で組織した警防団なども動員された。

「何時じゃったかねぇ、七時ごろ思うが、朝飯食べて学校へ向かったのは。造船所の学校は江波町と川一つ隔てた南観音町《みなみかんおんまち》にあって、そこへ最初集合したんじゃね。前の日に知らされてたんじゃろうが『今日は勤労奉仕じゃ』言われて、みんなトラックに乗せられ、出かけた思うんじゃがのう。この時の三十人には四国出身もおる、県下

被爆犠牲者の慰霊碑が建つ旧雑魚場町跡／中区国泰寺町

の田舎から出てきてるのもおる。一人、私と同じ江波の諏訪健司というのがおって、一緒でしたよ」

この時の中尾の服装は、上が濃いグリーンの国民服。ズボンに脚絆《きゃはん》を巻き、履物は布でできた作業靴。頭に戦闘帽をかぶっていた。作業場は爆心地から約一キロの地点、市内雑魚場町《ざこばまち》（現・中区国泰寺町《こくたいじまち》）の一角で、建物はすでに壊され、トタンや板などが散在していた。

「梁《はり》とか柱とか、いっぱいころがっておって足の踏み場もありゃあせん。そこに着いてそりゃあすぐですよ。一服する間もない。誰が言うたか『飛行機じゃ』ってね。わしもこの目で確かに見たですよ。それから何秒もたたん。ピカッと光って……。あとは白というか黄色というか、赤といえば赤にも思える。とにかく上も下もありゃあせん。火の海に投げ込まれたようなもんじゃけん。気を失ってしもうてか、音は覚えておらんがのう。ただ熱い熱い……、もの凄う熱かったのは覚えておる。熱い熱い……もうハァ、火の地獄じゃからのう。周りに仲間が大勢おったのにピカッと光ったあとは何も見えやせん。火の海の中でわし一人だけ……」

鷹野橋付近／中区国泰寺町

原爆炸裂《さくれつ》後、その場がどんな状況だったのか、火の中で焼き殺される思いのほか、細かい記憶はない。同僚たちがどうなったのかもわからない。気を失ってどのくらいの時が過ぎたのか。中尾は炎熱地獄をくぐり抜けて後、我にかえって動き出した。薄暗い土煙のような中を、明るい方向に向けてやっとの思いで歩いた。しばらくして気がつくのだが、着ていた国民服はぼろぼろ。かぶっていた戦闘帽はどこかへ吹き飛び、脚絆を巻いていたズボンは膝《ひざ》の上の部分が破れて焼け焦げていた。

「顔、手、背、太股《ふともも》ねぇ、体中焼かれちゃって、それも右側がひどいんじゃね。耳なんか右のほうは溶けるようにくっついちゃって、形もほとんど残っておらん。それがもうハァ、広島じゃあ〝走る〟って言うんじゃが、痛うて痛うて。それはそうじゃがね、顔の皮も手の皮もピカが当たったところはべろっとむけちゃっておるんだから……。よく見る原爆の絵に、両腕を前に差し出して指の部分を下げてるのがあるんじゃが、あれは嘘《うそ》ですよ。あんなことしたら、うわーっと〝走って〟、指は上に向けておかんと耐えられんです。わしの場合は、それでも脚絆巻いてた脚がしっかりしておったから助かった」

体中に焼けるような痛みを感じながらも、中尾は本能のまま動いた。北も南もわからず、倒壊した家屋の間を足を引きずるようにして動いた。動くうち、電車通りの鷹《たか》野橋《のばし》に出た。およその方向感覚を取り戻し、江波町の家を必死で目指した。元安川《もとやすがわ》に架かる明治橋、さらに太田川《おおたがわ》の住吉橋を渡り舟入町《ふないりまち》に出て、そこから南に折れた。道筋は死体や助けを乞う人であふれ、とりわけ鷹野橋から明治橋の間が地獄だった。

「意識が朦朧《もうろう》としちゃって、初めのうちはどっちが北か、方角がまったくわからん。ようやく鷹野橋に出たら、馬が焼けて暴れておる。頭の毛もなんも焼けちゃって、女か男かもわからんようなのが倒れておる。潰《つぶ》された家の屋根で『助けて！　助けて！』いうて叫んでるね。そじゃけど、自分が死ぬか生きるかじゃけん、どうもできん。熱いからじゃろう、防火用の水槽に入って頭だけ出しておるのもおりましたよ。そうか思えば名前を呼び合う親子の声が聞こえてくる。顔が焼けちゃって、半分裸のようなのがぞろぞろと逃げおるんよ。あれは住吉橋の近くじゃった。小さい子供がわしについてきたんじゃね。そこでちょうどポケットに入っておった鏡を子供に持ってもろうて——わしの手は焼けておるから持てんもんのう。そこで初めて自分の顔を見たんじゃね。もうハァ、顔の皮がべろっとむけたうえにふくれちゃって、お化け以上の顔じゃがね。じゃけん驚かん。だってそうじゃがね、ぞろぞろ歩いてる者、みんなが同じような状態なんじゃから……。二時間半、あるいは三時間ぐらいかかったかのう。はっきり覚えとらんが、なんでもお昼前には江波の家に着いたですよ」

爆心地から江波町までは直線距離で約三キロ。二階建てだった中尾宅は爆風で窓ガラスが飛び、ところどころ壁が落ちていたが、家屋の形は留めていた。中尾のほか、原爆投下時、市内にいた家族のうち、誠だけが比治山近くで腕に軽い火傷《やけど》を負ったが、造船所にいた豊子、それに自宅にいたほかの家族もみな無事だった。中尾が九死に一生を得て自宅にたどり着いたとき、両親とまだ幼かった修と直子の四人は近くの防空壕に避難していた。

「家に戻ったら誰もおらん。そいで、近くの防空壕へ行ったんじゃね。お父さんにそこで初めて会うた。じゃがわからん。顔があまりに変わってしまって識別できんのですよ。じゃからわしが『お父さん』言うたら、お父さん驚きようてのう、『おお、伝《つとう》じゃあないか』いうて、そいですぐに陸軍病院、連れていかれたんじゃ。陸軍病院はそんなに遠くないところじゃから歩いて行った思うんじゃがね。もういっぱいいっ

中尾は命からがら家へたどり着いた／中区江波本町

ぱい集まっとったですよ。怪我人がどんどん逃げてくるんじゃから……。手当ていうてもどうにもならん。バケツに入った水を傷のところにちょいちょいとかけて、ハイ次――、こんなじゃからね。なにしろ怪我人ばかりで薬がないんだからどうしようもない……」

陸軍病院で数時間を過ごした後、中尾は父親の勧めで三菱造船所の病室へ移ることにした。造船所は中尾自身も勤めていたし、父親と豊子も働いていたので、会社なら治療が受けられると判断したからだ。

「造船所のほうにしても、休憩所を使ったにわかづくりの病室ですよ。それでも薬もつけてもろうたし、よう診《み》てくれましたよ。姉さんが会社におったこともよかった。そじゃけんね、そこにおっても傷口に薬つける程度の治療じゃけん、家におっても同じじゃ思うて、終戦の日じゃったね、帰ったのは。リヤカーに乗せてもろうて、天皇陛下の玉音《ぎょくおん》放送聴いたのは、家に向かう途中じゃった思うがね」

造船所の病室を出て江波町の自宅へ戻ってからも、体中に負った傷口はちっとも回復しなかった。両手の甲《こう》や顔面は化膿《かのう》して膿《うみ》がたまり、少しでも油断すれば蛆《うじ》がわく状態だった。爆心地からわずか一キロの至近距離で、しかも炎天下で被爆し、火傷の大きさからいっても中尾の容体はまさに死と隣り合わせていた。その中尾に危機が迫るのは家に帰って間もなくだった。

「一日じゃったか、二日ぐらいたってたかしれんね。扇風機もエアコンなんかもちろんない暑い時ですよ。なぜか急に息ができなくなったんじゃね。熱も何も感じない。息ができないんだから苦しいんじゃ。少しでも楽になろう思うて、ウチワであおげあおげ、いうてね。食べるものも食べれん。息が詰まるんじゃから食べるどころじゃない。この時ですよ、もうわしは死ぬ思うてね。なにしろ、周りではなんも傷受けてないもんが斑点《はんてん》が出たいうて、ころころ死んでおるんじゃから。それでも二日か三日苦しんでなんとか持ったんじゃね。口許《くちもと》もぐじゃぐじゃに崩れておるんじゃが、氷を小ちゃく砕いて一つ二つ含むんよ。それが喉《のど》にしみてうまいん。頭の毛がごそっと抜けおったのもこのころじゃね。枕《まくら》に当たるところがまず抜けたですよ」

呼吸が詰まる状態はどうにか切り抜けたが、死の恐怖はいつもついて回った。頭の脱毛も恐ろしかったが、焼けて崩れた自分の顔を思うと、それだけで生きた心地がしなかった。中尾宅には容体を気遣う近所のおばさんたちが、トマトなどの野菜や魚を持って見舞いにきた。母親と父親がおばさんたちと交わす話が時折、耳もとに伝わった。その声が中尾には死に神のささやきに聞こえた。

「人間、弱くなると神経が過敏になって、他人の善意を歪《ゆが》めて取ったり、あるいは自分の都合のいいように解釈して、いろいろ考えるもんですよ。昔は、江波のこの辺はまだ田舎じゃったから人情が厚かったんじゃね。何かがあるとおばさんたちが余計、家に来てくれて『……ようしてあげなさいよ……』、そんな言うのが聞こえてくる。そうすると、もう先がないからあんなことを言いおる、そんなふうに取ったりね。火傷もしてない人間が斑点が出て、よう死んでおる——そんな話が聞こえてくると、今度はわしゃ焼けとるからきっと助かる、そんな考えしたりね。毎日じっとして寝とるんじゃから、あれこれ思いを巡らすんよ。そんなじゃったのが少しずつようなって、食べられるようになるんじゃね。最初はトマトを小さくして口に入れてもろうたですよ。これが忘れられんくらいおいしかった」

トマトのわずかな一切れも、衰弱した体には大きな滋養になる。死の淵《ふち》から脱出して中尾はつくづくそう思った。食欲が出てくると体に力がつき、火傷の痛みもしだいに遠のくようになった。被爆から二週間、三週間とたち、二カ月が経過するころには家の中での生活は自力でできるようになった。

被爆の状況から考えれば、中尾の生存と回復はまぎれもない奇跡だった。が、心身ともに疲弊《ひへい》していた中尾には、それを幸運として心底喜べる晴れた気待ちにはなれなかった。

「六畳かそこらの小さな部屋に閉じ込められているんじゃから、少しようなって体力がついてくれば外をのぞきたくなりますよ。窓越しに外に目をやりはじめたころじゃったね。伝《つとう》には全財産使うてもええ、言うておった母親がね、『伝さん、外はのぞかんほうがええよ……』、そう言いおうた。後になれば母親の気持ちもわかりますよ。わしの顔はお化けじゃけん、他人《ひと》さまの目に触れたら不憫《ふびん》じゃ思うて、そう言うたんじゃろう。しかしね、わしゃまだ十六歳ですよ。外、見ちゃいかん——そう言われて、それじゃあ、どうすりゃいいんじゃ、思うたね。目の前が真っ暗ですよ。死ねちゅうことか思うてね。こんな顔じゃあ誰にも相手にされん。生きててもしょうがないけん、なぜ助かったんじゃ思うたりね」

「運命としか言いようがない」

日がたち月を重ねるごと、傷口はふさがり体力も回復していった。が、心の傷はむしろ肉体の回復にさからうように少しも癒《い》えなかった。真っ暗な中に閉じ込められ、一人悶々《もんもん》と過ごす日々。家族との間にも何かにつけ、諍《いさか》いが起きた。

勤めていた三菱造船所から出社の誘いを受けたのは、敗戦翌年の一月ごろ。声をかけてくれたのは原爆投下の日、中尾とともに同じ作業所に出ていた同僚の諏訪健司だった。

「勤労奉仕に出ておった同期生がどうなったか、まったくわからん状況じゃから、諏訪君も生きておったか思うてね。嬉《うれ》しかったですよ。後になって三十人おったうち五人ぐらい助かった、聞いているんじゃがのう。確かなことはわからんです。諏訪君はわしのようじゃない。顔の怪我が軽かったんじゃね。その彼が『外は気分が晴れるよ、出てみんさい』言うてくれて。内心は嬉しかった思うんじゃが、原爆に焼かれちゃって捨てばち根性のほうが先に立っておったから、そう言われたときは、なに、人前なんか誰が出てやるもんか、この顔で、思ったね。二回じゃったか三回じゃったか勧められて、考えに考えて、出てみるかって気になったんじゃね」

顔を地面に向け、背中を丸くしておろおろと歩いた。すれ違う他人の視線が怖かった。そんな屈折した思いの半面、怒りとも悲しみともつかぬ情感が胸にこみあげた。外出は家に留まる以上に神経を高揚させたが、それでも家の中では得られない解放感は味わえた。

誘ってくれた諏訪も、体に大きな火傷を負っている。共通した被爆の苦しみを語り合うことで、真っ暗だった心に一条の明かりがともる気がした。

最初は倉庫番のような仕事が与えられた。仕事場での人間関係も、自分で描いた筋書きとは違い、思いのほか楽しかった。中尾にとっては社会復帰の第一歩だったが、そこでまた新たな悩みに遭遇する。

「半年ぐらいしたら顔、腕、背中ねぇ、あちこちの傷口はほとんど乾きましたよ。じゃけんね、顔中ケロイドじゃからまともには見られんですよ。見たら飯も食えんようなひどい顔なんじゃから。それでも職場の人たちはそれを顔に表すわけでもなく、ようしてくれましたよ。会社に出るようになっていくらかしてからじゃがね。気心が知れてくると飲む、打つ、買うね。いろいろの話が出るでしょう。出入りするなかには若いのもおる、下請けの人もおるし、女の話なんかになると、そのものずばりなんじゃね。それを聞けば二十《はたち》前の年ごろじゃから、そっちのほうに気を取られますがな。じゃがね、この顔じゃあ女友だちなんかできるわけがない。そしたらどうなります。お金で求めるしかないですよ。くそォ！　ちゅうもんで遊びましたよ。そりゃあもうハァ、給料全部注ぎ込んで徹底して遊んだですよ」

街が破壊され焼きつくされても、生き残った人たちは生きなければならなかった。バラックが建ち衣食にかかわる商売が始まり、被爆後の四八（昭和二十三）年ごろには赤線、青線も復活した。中尾は、その筋の店が集まる小網町《こあみちょう》や弥生町《やよいちょう》にせっせと通った。そこへ行けばたとえ刹那《せつな》でも生あることの悦楽が味わえる。生きることに悲観的だった中尾には、そこへ足を運ぶことは生をつなぎ留める支えにもなった。塞《ふさ》がれた心の憂《う》さ晴らし、という言い方もできるが、さらに言えば被爆に対してのやりどころのない憤りにも取れる。

中尾が通った中区弥生町の歓楽街

仕事に復帰してからの中尾の生活は荒《すさ》んでいた。が、父親の豊三も母親のシズも見過ごすばかりで小言一つ言わなかった。

「なんも言わんかったね。そりゃあ周りに相手にされん、嫁ももらえん顔じゃから……。親は不憫《ふびん》な子ほどかわいいいうでしょう。どうしても甘くなりますよ。じゃが、なんも言わなくても内心は苦しんでたんじゃないのかねぇ。将来どうなるかもわからんし、親にしてみれば、息子を一人取られたようなもんじゃから」

五〇（昭和二十五）年、共産主義者や同調者が公職、あるいは民間企業から罷免《ひめん》、解雇されるレッドパージが吹き荒れている時だった。中尾はパージとは直接には関係なかったが、敗戦後五年半勤めた三菱造船所を退職した。父親もそれより前、同じ会社を辞め、近くの海で海苔《のり》栽培を手がけていた。それを手伝ったり、小さな町工場で働いたり。日本は朝鮮戦争を機に特需景気に沸いていた。

至近距離で被爆し重傷を負った割には、大病を患うこともなく、健康でいられることが不思議なくらいだったが、体や腕、顔全体にできたケロイドは奇形をとどめたままだった。結婚に憧《あこが》れながらも縁のないものとあきらめていた中尾に突然、縁談が持ちあがったのは五七（昭和三十二）年、一般家庭にテレビや電気洗濯機が普及し、高度経済成長が軌道に乗り始めたころだった。

「親は心配しておったんじゃね。兄貴の嫁さんの筋に『いい娘《こ》がおるよ』言われて、会うたんですよ。わしゃもう、嫁もろうことなどちぃーとも考えておらんかったから、そりゃあ最高でしたよ。それまで誰も振り向いてもくれんところへ来てくれたんじゃから嬉しかったねぇ。神様が授けてくれた思うてね。もちろん女房もろうてからは遊ぶほうはぴたりとやめたです」

その年の五月五日、中尾は親族、知人に祝福されて結婚式を挙げた。新郎二十八歳、新婦のシゲ子二十七歳。被爆から十二年が過ぎて摑《つか》んだ人生の至福。苦しみの多い歳月だっただけに喜びはひとしおだった。が、その喜びからまた新たな心配事が起きる。

「子孫持ついうことは、人間の本能じゃがね。結婚するいうことは、子供つくることですよ。なんぼ原爆受けてケロイド持っとっても、そりゃあ人間じゃから子供、欲しい思いますよ。そじゃから頑張ったですよ。四年後じゃったねぇ、頑張って頑張って、ようやくでけたのは……。でけた、わかった時、そりゃもうハァ嬉しかったね、嬉しいのと大丈夫じゃろうか、いう気持ちと……。放射能のことがあるから、どんな子供が生まれるか、思うとね、やっぱり心配ですよ」

六一（昭和三十六）年四月二日、妻のシゲ子は元気な男の子を無事出産し、浩之《ひろゆき》と命名した。浩之は地元の小中学校、市内の高校を卒業後、東京の大学へ進んだ。そしてさらに大学院の修士課程を修了し、大手の電機メーカーに就職した。

「中学三年生の時じゃったがね、突然高い熱が出て三週間ほど入院したことがあるんじゃが。いろいろ診てもろうたが、原因は結局わからなんだね。幸い、その後は病気するようなことはないがのう。それでもようやった思いますよ。子供はこれ一人じゃが、原爆に焼かれた体で子供育てて大学院まで出したんじゃから……」

中尾の言葉は自分に言い聞かせているように響いた。経てきた半生はそれだけ過酷だったのだろう。その言葉は今日まで生きてきた自分へのいたわりにも聞こえた。

平和記念公園／中区中島町

それにしても人の運命とはなんなのだろう——中尾の生の軌跡をたどると、人間の生と死の境界線がまったくわからない。

「なぜ助かったんじゃろう、言われても運命としか言いようがないでしょうに。ピカに遭うたとき、すぐ隣にいた仲間が大勢死んでおる。一度気絶して気がついてから、なんとか自分の家にたどり着けたのも奇跡のようなもんですよ。家に戻ってからも家族の助けがなかったら、もちろん死んじょります。それだって運ですよ。両親はわしらが結婚した後に亡くなりましたがね、母親と姉さんが、そりゃ、ようしてくれました。一時は死んだほうがましじゃ、真剣にそう思うたりね、お化けのような顔じゃったから辛い思いしましたよ。じゃが、こうして生きておられるわしなんかまだいい。建物の下敷きにされて生きたまま火攻めにされた人たちだって、いっぱいおるんじゃから。地獄のあの時を思うとね……」

中尾が平和公園に足を運びハトに餌《えさ》をやるようになって、もう五年以上にもなるという。行きつけのパン屋さんからパン屑《くず》をビニール袋で買い込み、江波本町の自宅から自転車で乗りつける。

「とっくに仕事から離れて年金生活じゃけんね。気が向くときは毎日ですよ。ハトは平和の象徴《しるし》いうし、平和公園には大勢の犠牲者が眠っちょる。餌をやっておると供養してるように思えて、心が休まるんよ……」

五十年後の整形手術

（二〇〇五年）

中尾さんと初めて対面したのは一九八八（昭和六十三）年四月。前に書いたように群がる鳩にパン屑をやっていた。出会いの言葉を交わし、原爆の話を差し向けると中尾さんは、「話すことなんかないけえ」、そう言って私の意図を逸《そら》らした。それでも話を繋《つな》ぐうち心が伝わり、再会を約束してくれた。

インタビューを目的に中尾さん宅を訪ねたのは二年後の九〇（平成二）年七月二十二日と、取材メモに記されている。

中尾さんが閃光《せんこう》を浴びたのは爆心地から約一キロの地点。それも遮るものがまったくない屋外である。最初、中尾さんはためらいがちだったが、話はしだいに赤裸々になり、その熾烈《しれつ》なさまに私はただうんうんと頷《うなず》き、中尾さんの広島弁に引き込まれた。

その日からご無音《ぶいん》のままである。電話をかけると何回かの信号音の後、奥さんのシゲ子さんが出て、次に中尾さんの声が返ってきた。

中区江波本町の中尾家を訪ねた。以前は周辺のところどころに野菜畑が残っていたが、今はすっかり住宅地に変わっている。記憶が薄れ、ようやく探し当てると夫妻で迎えてくれて奥の間に通された。

中尾さんはシゲ子さんと一つ違いの七十五歳。私は夫妻と向かい合い、十五年前、同じ部屋で聞いた被爆者・中尾さんの苦難の人生を思い起こし、よくぞ今日まで――そんな思いに駆られた。

前回の話の中で中尾さんは結婚の喜びをかち取り、放射能障害のことを案じながら、「四年後じゃったねえ、頑張って頑張ってようやくでけたのは――」、そう言って長男浩之《ひろゆき》さん誕生の喜びをあらわにした。その一人息子の浩之さんは今は神奈川県相模原《さがみはら》市内にある電機メーカーに勤めている。「遠いところへ行ってしもうたから、めったに帰らんで……」、中尾さんはそう言い、子煩悩ぶりを吐露した。

シゲ子さんと二人暮らしの中尾さんは九六（平成八）年五月、熱線による火傷《やけど》で失った右の耳の整形手術をした。手術は、肩下の筋肉と胸部の軟骨を切除し移植する、大がかりなものだった。今は顔面も以前よりずっと綺麗《きれい》になり、火傷の跡もあまり目立たなくなっている。

日ごろの楽しみを聞くと、脇でシゲ子さんが「将棋をようやっととりますよ」。そんなやり取りのなか、独り言のように漏らした中尾さんの言葉が耳に残っている。

「十五歳で被爆してからの人生は長かったですわね……」。中尾さんのこの思いは、ヒロシマ、ナガサキ、すべての被爆者の心に通じている。

室積淑美……モンペ姿の妹

音の記憶がまったくない……

逓信省《ていしんしょう》広島逓信局（現・広島郵政局）は爆心地の北東、約一・四キロの地点、市内の東白島町《ひがしはくしまちょう》にあった。近くを京橋川《きょうばしがわ》が流れ、南側に陸軍兵器部、さらに広島陸軍幼年学校と歩兵十一連隊があり、すぐ隣には逓信病院が接していた。その年二十歳《はたち》だった室積淑美《むろずみひでみ》（旧姓・藤森）は、逓信局の貯蓄部保険課に勤めていた。巨大な閃光《せんこう》を受けたのは、朝出勤し、机について間もなく。衝撃で動転していたからかもしれない、気絶はしなかったのに、炸裂音《さくれつおん》を聞いた記憶がない。

淑美は一九二四（大正十三）年九月二十四日、広島県安芸《あき》郡牛田《うした》村（現・広島市東区牛田本町）で藤森家の長女に生まれた。父親の謙吉は高級家具を作る職人で、ひところは三人の弟子が謙吉のもとで働いていた。淑美が地元の牛田小学校を卒業したのは、三七（昭和十二）年三月。その四月、広島市立高等女学校（現・市立舟入《ふないり》高等学校）に入学した。

「市立高等女学校は〈市女《いちじょ》〉の名で呼ばれてましてね。入学する時、提出書類の中

旧広島市立高等女学校中庭（現・市立舟入高校）／中区舟入南

に特記事項というのがあって、そこに〈天覧品制作《てんらんひんせいさく》〉とあるので、父に聞いてみたんですよ。そしたら『天皇陛下が使われるんよ……』、そう言ったのを覚えておるんですがね。弟子がおったくらいですから、まあまあやっておったんでしょう。けど、私が女学校へ進んでからは、日華事変《にっかじへん》（日中戦争）が起きて時代が悪くなる。天覧品の家具といえば贅沢品《ぜいたくひん》ですから、だんだんと仕事ができなくなるんですね」

中国での戦線が拡大するにつれ、街の映画館では上映の前に「挙国一致」「銃後を護《まも》れ」といった戦意高揚のスローガンが映された。

市立高女は市内舟入川口町《ふないりかわぐちちょう》にあって、淑美が入学した一学年は五クラス。一クラスの生徒数は約五十人だった。各クラスは痩《や》せ型、標準型、肥満型、進学組などに分けられ、体力と能力に応じた学習と訓練が行われた。牛田村はその後、広島市に組み込まれ町に昇格したが、自宅から学校までは直線距離でも六キロ以上ある。生徒の電車通学は許されず、淑美はその道程《みちのり》を毎日徒歩で通った。

「途中、白島町《はくしまちょう》の電停のところに時計屋さんがありましてね、毎朝ここを通る時、七時十五分だったら、あ、今日はちょっと遅い、という感じなんですよ。近所に上級生がおられて、その人にいつもついて行くんです。道順もいく通りかあって、西練兵場（現・中区基町の広島県庁と広島市民球場一帯）の広い原っぱのようなところを斜めに横切ると、いくらか近道になるん。あのころはとっとこ、とっとこ、よう歩いた思いますよ。私ばかりじゃない、誰もが歩いたんです」

淑美が女学校へ入学した翌三八（昭和十三）年四月には、国民の権利、自由、財産までも勅令《ちょくれい》一つで制限できる、軍部の横暴ぶりをまるだしにした国家総動員法が公布された。さらに、翌三九（昭和十四）年十月には物価、運賃、賃金を凍結する物価統制令が実施されるなど、年ごとに戦争の気運が強まっていった。太平洋戦争の前夜ともいえるそんな時代を女学校で過ごした淑美は四一（昭和十六）年三月卒業し、すぐに広島逓信局に就職した。

「最初の配属が貯蓄部奨励課調査係というところで、あがってくる伝票の金額にソロバンを入れて帳簿の数字と照合する仕事なんですよ。その後、今度は同じ貯蓄部の保険課企画係に移って、ここでは債券を出しておりましたね。この時はもう太平洋戦争が始まっておって、だんだんと戦局があやしくなってたからでしょうよ、職場の男の人たちが毎日のように応召していくんです。次々に出るもんじゃから、最後は女ばかりの職場になっとりました。救護班というのがつくられて、非常時に備えて担架《たんか》の訓練をようやりましたよ。なにしろ物資が不足しておって、仕事の時、わら草履《ぞうり》なんか履いとりましたから……」

戦局が悪化するにつれ、藤森家でも弟子たちの応召が相次いだ。それを機に謙吉はやむなく家具職を断念し、四四（昭和十九）年に国鉄（現・JR）の建築部に職を得た。この時の家族構成は祖父と両親、それに兄弟が九人。総勢十二人の大家族だった。

「食糧難の時代ですから、それは大変でしたよ。父が国鉄に入ったころですかね、白いご飯なんか食べられなくなって大豆ご飯なら上等。お芋、コーリャン、大根を細かくきざんだ大根飯……。鉄道草（ヒメムカシヨモギ）のおだんごなんかも、よう食べましたね。私、長女ですから食事の時いつもご飯をよそる役なんです。みんな育ち盛りで少しでも食べたいん。ところが、私の分は弟や妹より少しばかり多くよそるんよ。まあね、今になると、なんてさもしいことをって思いますけど、そんな時代でした」

四五（昭和二十）年になると、軍都の広島は米軍の空爆が必至とされ、国民学校の集団疎開《そかい》と爆撃の際、延焼を防ぐための家屋の取り壊しが進んでいた。淑美のもとでも、兄弟九人のうち長男で国民学校五年の茂登と、次男で同三年の幹夫が、県下の高《たか》田《た》郡船佐《ふなさ》村（現・安芸高田市）へ学童疎開し、五歳で双子の弘子と道子は、賀茂《かも》郡志和《しわ》堀《ほり》村（現・東広島市）の母親の里へ預けられていた。牛田の家には残る八人が暮らしていた。淑美と父親のほか、次女・康子が五日市の船舶司令部へ。三女・操は市立高女四年生、四女・敏子も同校の一年生に在学していた。原爆投下の八月六日、家族の行動地図はおよそ次のようになる。父・謙吉、市内の国鉄建築部へ、次女・康子、船舶部へそれぞれ出勤。四女・敏子、市内で行われていた建物疎開の作業所へ。陸軍の暗号室に学徒動員されていた三女・操は、この日休み。祖父・吾市、母親・カスミ、三男・俊希の四人とも牛田の家にいた。

この朝、淑美はいつものように家を出た。服装は、空色のシャツに父親の着物をこわして作ったモンペ。広島逓信局は鉄筋コンクリート四階建て。淑美の職場は四階にあった。

「朝、空襲警報《くうしゅうけいほう》のサイレンが鳴って、それが解除になったので、やれやれ思って家を出たんですよ。私のおった貯蓄部保険課は四階のうちでも爆心地から見て反対側にあったので、助かった思いますよ。

八時に着いて机に座った時、近くに誰かがおったが、それが誰か思い出せんのですが――。写真のフラッシュの凄《すご》いのを焚《た》いたような、もの凄い光でしたよ。パーッと光ってね。嘘《うそ》でもなんでもない、あの大空の天が一度にずり落ちたか思いました。それが不思議で音の記憶がないんん。とにかく大きなフラッシュの光と天空が落ちるのと一緒。その瞬間『やられた！』思いましたね。原爆が落ちる前から、空襲とか救助訓練で電灯を消せ！　防空壕へ逃げろ！　言われて、いつやられるか、そればかりが頭にありましたから……」

気絶はしなかったのに、職場の状況はまったくといっていいほど覚えていない。原爆が炸裂《さくれつ》した時の「音の記憶がない」のも、意識が混濁していたからだろう。室内には何人かの職員がいたのに、助けを求める声も聞いていない。淑美は無我夢中でその場を立ち、体を出口に向けていた。部屋を出て階段を下りる途中、意識を失いかけたので「これはいけん……」そう自分に言いきかせた。

旧逓信省広島逓信局中庭（現・広島郵政局）／中区東白島町

「運がよくて、ほとんど怪我はしとらんのですよ。手すりに手をかけて、とっとっとっと階段を下りて正面の玄関へ出たんです。そして外を見たら、ほこりいうのか砂塵《さじん》いいますか、灰色がかって薄暗いんですが、まあ驚きましたのはシーンと静まり返って、人っ子一人見えんのですよ。ありゃあ、どうしたんか、思ううちに防空頭巾、持っていないことに気がついて、また四階まで駆けあがってね、頭巾手にしてから、何か見ようとした思うんじゃが、屋上にあがって……。そしたら誰かが下から『下りて来い！』言うんですよ。階段を二回目下りる時気づいたのは、窓という窓のガラスが全部抜けとるんですよ。少しでも早く逃げようういうんか、抜けてる窓から飛び降りようか思ったのを覚えてるんですがね。とにかく一階まで下りてトイレのところで鏡を見たんですよ。ここでも驚いたのは馬の尻《し》っぽみたいにしておった髪の毛が爆風でじゃろうね、ばらばらになって、うわーっと総毛立っておるん。それとモンペの下に入れておったシャツが全部外に出ておりましたよ。けど、直そうなんて思わんのね。玄関そして、さっきの玄関に出たら、うわぁー、今度は怪我人がいっぱいいっぱい。玄関のすぐ近くですよ、電気部の人が頭から血を流して、それを両手で押さえるようにして座っておるし、そのまたすぐ近くに電波の宮本広三さんが背中を真っ赤にしてうずくまっておりましたよ。そうか思うと若い兵隊さんが『病院はどこだ、病院は……』

いうてね、大声をあげながら走っていくんです」

淑美は惨状を目《ま》の当たりにし、すぐに救助のことが頭に浮かんだ。負傷もしていなかったし、日ごろ救護訓練を重ねていたので、自然に担架の収納庫に足が向いた。が、一階にあった収納庫は爆風で壊れ、ドアが開かなかった。名前は思い出せないが、居合わせた誰かと二人で、吹き飛んでいた戸板に宮本さんを乗せ、隣接していた逓信病院へ運んだ。恐ろしい形相の被災者たちが何かを口走り、続々と集まっていた。その数はますます増え、そのうち逓信局の管理職と思われる人物から、局の南側の中庭へ避難するよう指示された。しかし、南の八丁堀方面からはすでに火の手があがっていた。淑美は危険を感じ、指図に逆らうように北に向かってその場を離れた。

「私の家がある牛田は北に当たるんよ。それに、避難せいいう中庭は火の手があがっている方向なので、指示に従う気にはなれんかったのね。そこに入ったら逃げられん、思って……。で、最初に白島の電停に出たんですが、その辺の住宅も全部やられてぐしゃぐしゃになっておる。国民学校の三年生ぐらいかね、裸で砂もぐれ（まみれ）の男の子がおったんよ。それを見て『連れて逃げてあげれば……』とちょっと思いましたけど、ただそれだけで通り過ぎてるんですね。放心状態というのか、自分ではどうしても生きたい、それほどの気もないんじゃが、人を助けるという気力もなくしていたんですね。

子供を見過ごしてから京橋川に出て、川を泳いで渡ったんよ。それまでは局で上履きにしておったわら草履を履いておった思いますが、それも脱ぎ捨ててね。渡ったところの川岸に砂場があるんですが、そこがまた地獄ですよ。そのわずかな砂場に、もの凄い顔した人間がしゃがんでおりましたよ。しゃがんで口をつむんだまま、それこそずらっと並んでおるん。ああ、これこそ地獄絵じゃってね。その時私、人間、生死の境に追い込まれると男も女も、教養があるとかないとか、ましてお金持ちとか貧乏人とか、なんもない、みな同じ思いましたね」

地獄の中を歩きながら、妹・敏子を捜す

淑美には何が起きたのか、皆目わからなかった。目の前の地獄絵に呆然《ぼうぜん》とするうち、米軍の艦載機らしい黒い機影が突然、突っ込んできた。と同時に近くにいた兵士が「伏せ伏せ伏せ！」と叫んだ。が、遮蔽物《しゃへいぶつ》のないところで伏せたところで何になる。淑美

赤い前掛けをつけた地蔵菩薩／東区牛田旭

は体をどうするでもなく、それより兵士の声がもの悲しく滑稽《こっけい》にさえ思えた。飛行機を見過ごして後、淑美はまた歩きだした。山陽本線のガードをくぐり二葉《ふたば》の山に向かった。

「二葉の山を越えれば牛田ですからね。自然と足が向いたんですよ。線路を過ぎたところが騎兵第五連隊で、土ぼこりのようなもので向こうが見えんようになっておりました。広いところで横切るとき、馬が倒れておりましたよ。二葉の山を登る際は避難する人が何人かおって、なかにはパンツ一枚の男の人が何やらぶつぶつ言っておったり……。それが何時ごろじゃったか、時間の感覚が麻痺《まひ》しておって、ようわからんですが、山を登って下ったところで千崎さんという同じ逓信局の人に会ったんです。そして言うんです、『あんたんとこ焼けたよ』って」

家が焼けたことを知らされても淑美には実感がわかず、家族のもとへすぐに駆けつけようともしなかった。それだけ被爆のショックが大きく、平常心を失っていたのだろう。淑美は千崎の「行こう」という一言に従い、後についた。どのくらい歩いたろう、かなりの時間歩き続け、着いたところは戸坂《へさか》で、千崎の知人宅だった。すでに何人かの負傷者が逃げ込んでいた。「ここにいても……」そう思い、淑美は間もなく千崎に別れを告げ、牛田へ戻ることにした。その途中、淑美は市内から逃げて桑畑などにうずくまる幾人かの被災者を目撃した。

「戸坂から歩いたんですから、上のほうから逆に牛田へ帰ったわけですね。なにしろ真夏じゃから暑いんですよ。逃げてきて力つきたんでしょう、ごろんと転がっている人もおりましたよ。そろそろ日没に近いころ、ようやく家の近くに着きましたら、母親が一番下の俊希を抱いて立っておりました。家が焼けた言うので行ってみましたら、なるほど跡形もないん。ただ敷石だけがぽつんぽつん残っておりましたね。家は茅葺《かやぶ》き屋根でしたから、すぐ火がついたんでしょう。それでも家におった祖父と母、三女の操、下の俊希の四人、みな無事で、祖父が仏さんだけ持って逃げたそうですよ」

牛田町での火災は藤森家だけではなかった。近くの家屋の何軒かが爆風で倒壊し焼けている。

「すぐ隣の家も焼けとるんです。わたしより少し年上の女性《ひと》でしたけど、倒れた家の梁《はり》に挟まって死んどるんです。やはり茅葺き屋根で倒れた後、火がついたもんじゃから、真っ黒に焼け焦げて、炭のようになっておったそうですよ」

六日は暮れ方になって、国鉄に勤めていた父親の謙吉が無事戻った。が、船舶司令部へ出勤した康子と建物疎開の作業に出た敏子は帰らなかった。淑美の家族は、その夜を焼失した家から一キロほど離れた牛田山の山中で過ごした。草木が繁茂する高台のその場所からは、焼けてまだ火の残る広島の街がパノラマになって見渡せた。

「真っ暗な空の下、ぽっぽぽっぽと小さな火が燃えるのが見えるんよ。それがたまらんのですよ。妹が帰らん、大丈夫じゃろうか思うと心配で心配で……。夜もだいぶ遅くなってから、周辺は明かり一つない、真っ暗じゃから、どこからかわからんの、どこのどなたかもわからんけど、声だけが聞こえてくるんですよ。『水をください、水をください、水を……』って、それも消え入るような声でね。野宿ですし、妹のことが気になって眠れんです。夏は明るくなるのが早いでしょう、その夜は一睡もせずに朝を迎えるんですがね……」

安否のわからない二人の妹のうち、次女の康子は勤務先が五日市《いつかいち》だったため、さほど心配しなかったが、市内へ勤労奉仕に出た敏子が気がかりで、淑美はいてもたってもいられない気持ちだった。だからだろう、夜が明けても闇《やみ》の中から聞こえた声の主や周辺の状況を確かめることにまで、思いが及ばなかった。淑美はじっとしていられず、夜が明けるとすぐに、敏子を捜しに出ることを家族に切り出した。父親の謙吉は「まだ危険じゃけん……」そう言って、しきりに制したが、淑美が聞き入れずにいるとようやく折れて、謙吉と二人で出かけることになった。

淑美と謙吉は牛田の山を下り、焼け野原と化した広島の街を足場を拾うように歩いた。倒壊し焼けつくされた周辺に目を配りながら「なぜこんなことに――」、淑美はとりとめもなく思いを巡らせながら謙吉と二人、敏子が通っていた市立高女を目指した。

「父は最初、反対しましたけど、とにかく行く言いましたら、それじゃあわしも一緒にってね。〈市女〉は私も通った学校じゃから、その道筋をたどった思いますが、途中でいろいろ見ましたよ。山陽本線の鉄道をくぐって白島町に入って……。この辺でも黒焦げになって死んでいる人をいっぱい見ましたが、あれは西練兵場の東口門のところでしたがね、ひょっとすると帰りの道だったかもしれんが、軍人さんが倒れておって……。それが不思議なんですね。あたりは全部焼けとるのに、体はぜんぜん焼けておらんの。傷があるわけでもない、制服もきちんとして帽子まで着けておる。まるで生きてる人と同じなんですよ。原爆の日の翌日ですからね、誰かが運んだはずもないし……。その時の印象がもの凄く強く頭に残っていて、今でもその場所を通ると必ず想い出すんですがね」

人影はなかった。人も動物も植物も、生あるものすべてが死を強制された街を、二人は市立高女に向けて歩いた。破裂した水道管から水が噴き出し、小さなしぶきをあげていた。淑美はそれを見て、渇いた喉《のど》をうるおそうと思ったが、水を飲むと死ぬと言われたことを思い出した。

道路は燃え残った残骸《ざんがい》や瓦礫《がれき》が散乱し、いたるところで寸断されていた。淑美は父親と二人、西練兵場から紙屋町《かみやちょう》を通り、ドームの部分が鉄骨だけになった広島県産業奨励館（原爆ドーム）を斜めに見て、太田川《おおたがわ》に出、川沿いを流れに向けて下った。

「相生橋《あいおいばし》から少し下ったあたり、そこから住吉橋までの間ですよ、焦熱地獄の苦し

死者で埋まった元安川の岸辺／中区大手町＊

さから、みんな飛び込んだんでしょうよ。川岸に一段高いところがあるんですが、そこにびっしり、すき間がないくらい死んでおるん。みんな焼かれてしまってパンツ一つくらいしか着けておらんの。どの死体もまるで玉ネギのような赤茶けた、あんな色ですよ。なかには大人もおりましたけど、ほとんどが女学生で、伏せた子もおる、上を向いた子もおるし……。うわあ、これは地獄、地獄……。それが目と鼻の先に見えるもんじゃから、私が妹じゃないか思って、父に『あっ、これじゃろう、これじゃろう』って言うと、父は『違う、違う……』言うんですよ。どの死体も焼けておるからよくわからんのです。そうか思うと川に下りる石段があるんですよ。そこにやっぱり体中が焼けた男の人が倒れておって、その周りに子供が何人もおるん。ああ、これは先生と生徒じゃなあ、思ってね……」

地獄はさらに続いた。住吉橋のたもとに住吉神社がある。二人はここでも幾人もの死者を見た。

「住吉神社には堀川のような水場があったんです。そこを通りましたら、たくさんの人が浮いとりました。今でも記憶しとるのは、どのくらいの年齢か、女の人でしたけど髪の毛がぐしゃぐしゃになっておって。死んどるのか生きとるのかわからんが、大きな目を開けたまま水面に浮いておるんですよ。軍の人じゃろうか、水に浮いとる死体を熊手のようなもので引き寄せておりました」

どのくらいの時間と距離を歩いたのか、淑美と謙吉は焦土の中に死屍累々《ししるいるい》の惨状を見ながら、敏子の行方を一刻も早く知るため、舟入川口町の市立高女へ急いだ。爆心地から学校までは直線距離で約二・三キロ。校舎は窓ガラスが吹き飛んでいたが、火災からも免《まぬが》れ、被害は比較的少なかった。淑美も謙吉も、敏子が原爆投下の朝、建物疎開の勤労奉仕に出かけたことは知っていたが、作業の場所までは聞いていなかった。二人は校内で出会った二人の女教師に、生徒たちがその日予定していた作業のあらましを聞いた。

「江波《えば》の山にでも逃げておればよいのに、思っておったんですよ。ところが、二人の先生が言いますには、妹たちの組は木挽町《こびきちょう》（現・中区中島町）の誓願寺《せいがんじ》の近くに行っておった、言うんですよ。木挽町いうたら、爆心地から目と鼻の先（約五百メートル）のところでしょう、やっぱり駄目じゃろうか思いながら、父と二人、今度は来た道とは違ったところを歩きましたよ。けど、わからんです。誓願寺がどこかもわからんし、街全体が吹き飛んで焼きつくされているんですから、わからんわからん、ぜんぜんわからんですよ」

七日、早朝から主に爆心地近くを見て回った淑美と謙吉は、お昼ごろ一度、牛田の家族のもとに戻った。そして午後、淑美は父親に代わる母親のカスミとともに、再び敏子の捜索に出た。ひょっとして病院に逃げ込んでいるかも――そんな一縷《いちる》の望みから、二人は爆心地から直線距離で約一・五キロメートルの位置にある市内千田町《せんだまち》の日本赤十字社病院（現・広島赤十字原爆病院）に向けて歩いた。

途中の道筋にコンクリートでできた防火用の水槽があった。炎熱地獄の苦しさから少しでも逃れようとしたのだろう、男性らしい死体がすっくと立っていた。

「耐えられなくて飛び込んだんでしょうよ。体中が焦げ茶色に焼けちゃって、それがまるで仁王立ちなんですよ。うわぁ、これが地獄じゃ、そこでもそう思うてね……」

病院に着くと大勢の被災者が詰めかけ、前庭まで怪我人があふれていた。うずくまって黙したままの人、地べたに伏して水を求める人、そんな場を真夏の太陽が焼いていた。淑美とカスミは敏子を捜すため、院内を一人一人確かめながら見て回った。そうするうち二人は火傷《やけど》を負った一人の女生徒を見つけた。

「妹と同じ〈市女〉の生徒で藤井敬子さんていう、お父さんが逓信病院の歯科医をされておって。その藤井さんに偶然会うたんです。重傷を負っておりましたが、母が藤井さんに尋ねましたら、一緒に逃げたんでしょうよ、妹は川辺の材木に摑《つか》まっておった言うんですがね。話が断片的でその川もどこかわからんですが、木挽町へ行っておったとしたら、おそらく一番近い元安川か太田川でしょうよ。藤井さんもそれから間もなく亡くなられておりますし、消息はそれっきりで未《いま》だにわからんです。とにかくその時、作業に出ておった生徒は全員、付き添いの先生もみんな亡くなっておられるから、聞きようがないんです」

二人が日赤病院を出ると、日は西に傾きかけていた。淑美は母親と二人、藤井の言葉をたよりに、木挽町と思われる焼け跡に近い元安川に足を運んだ。しかし川は、淑美が午前中父親と目撃したとおり、人間の墓場と化し、特定の人間を見分けられるような状況ではなかった。二人は夕方牛田へ戻った。家族のもとに着くと、前日から連絡が取れなかった次女の康子が無事帰っていた。淑美は翌日の八日も市内へ出て爆心地から木挽町付近を中心に敏子を捜して歩いた。

「なんとか見つけにゃ、思いましてね。捜しに出ましたよ。軍の救助隊や一般の人たちが死体の収容や道路の整備に動き出して。ですから焼け跡の様相が刻一刻と変わるんですね。あれは元安川に架《か》かる萬代橋《よろずよばし》（万代橋）のたもとでしたが、まるでマッチ棒を散らばしたように死体がいっぱい。縦に置かれたり横だったり。数えきれんほどの死体を焼いとりましたが、まあね、街中がどこもかしこも墓場。墓場というよりほんと、地獄ですよ」

藤森家では自宅の焼け跡に、謙吉が中心になって雨露をしのぐためのバラックを建てた。八月十五日敗戦の日、淑美は天皇の玉音《ぎょくおん》放送は聴かなかったが、その報はすぐに知った。周辺では外傷者はもとより、無傷の人までが原因不明の高熱を発し、死が日常化していたが、幸い淑美は病床に臥《ふ》すようなことはなかった。学童疎開で広島を

日赤病院（現・広島赤十字原爆病院）構内の慰霊碑／中区千田町

離れていた弟や、親戚《しんせき》に預けられていた妹たちも八月末までには牛田に戻り、家族は元のにぎやかさを取り戻した。が、行方がわからない敏子の不在は、両親や淑美の心をうつろにさせていた。

「焼けたトタンやそこらにある丸太を集めて建てたんですから、バラックいうより掘っ立て小屋ですよ。終戦いうて、聞きました時、神風も吹かずに負けてしもうたのか思いましたね。それでも悲しくもなく嬉《うれ》しくもなく、ああ、これで空襲がなくなる、それくらいの考えでした。なにしろ、その日を生きるのが先決でしたから……。

家におっても仕方がないから、そのうち逓信局へ出ましたよ。しかし、建物は残っても窓という窓が全部破れてしまって、まったくの廃墟です。事務が執れるわけじゃなし、最初は窓を板で塞《ふさ》ぐのを手伝ったり、冬が来てからは寒いもんじゃから、電柱の燃え残りを集めてきて暖をとるんです」

「戦争が終わったら飴玉が食べられるね」

敗戦翌年の四六（昭和二十一）年五月、淑美は市立高女を卒業してすぐに勤めた広島逓信局を退職した。戦時中、逓信局に勤めていた男子職員が次々に出征したが、そうした人たちが南方や中国から復員し、職場復帰が始まったからだ。

「そういうときに、私のような女は勤めておったらいかん思うてね、仕事を譲るために辞めたんです。そんな時代でした。このころでしたね、原爆が原因かどうかわかりませんが、体のあちこちにおできができましたのは。火傷もなんもない人があちこちで亡くなっておるって聞いておりましたけど、私は斑点《はんてん》が出たり、髪の毛が抜けるようなことはありませんでした」

　被爆者の生と死。ヒロシマの体験に耳を傾けていくと、運命としか言いようのない不条理や不思議に突き当たる。市内に暮らしながら八月六日、何かの理由でそこを離れていて生き長らえた人がいれば、他地に住みながら、その時たまたま広島にいて、死を強《し》いられた例もある。爆心地から同じ距離の同じ状況下での生もあれば、死もある。至近距離で被爆し、同じ職場の多くの同僚が犠牲になるなか、格別な患《わずら》いもせず生きた淑美は四八（昭和二十三）年秋、中国から引き揚げた教師の室積新太郎と縁あって結婚した。

「それはもう、たくさんの人がむごい状況のなか亡くなって、それをこの目で見ておりますから、私は一生ね、犠牲になった方々を弔《とむら》うために生きてもいい、そう本当に思ったこともありました。でも、それもせずに結婚して、女、男、女と三人の子供を産みました。三人とも病気一つせずに成人しましたがね、行方不明のままの妹への想いは、いつになってもなくなりません」

被爆者として一抹《いちまつ》の不安を抱きながらも、健康に恵まれてきた淑美もすでに六十代後半（一九九〇年当時）を教える年齢である。今も仮に敏子が元気でいれば、六十歳に近い年になる。が、淑美の脳裏によみがえる敏子の面影は、白いシャツにモンペ姿の女学生のままである。

「すぐ下の妹（康子）とは性格がまるで違うもんですから、ようケンカをしましたけど、ほかは年が離れておりますし、せんかったですよ。敏子は私よりずっとしっかりしておって、あれは逓信局へ通う途中じゃったか、ばったり会って、私が身形《みなり》にかまわんもんですから『姉ちゃん、もう少し綺麗《きれい》にしなさい……』言われましてね、これ

広島県産業奨励館（原爆ドーム）／中区大手町

は今もって忘れません。戦時中、弟たちが学童疎開しておる時も『勝つまでは頑張ろうね……』いうて、よう手紙を書いておりました。

敗戦の後も当分はね、同じ年ごろの子を見ると、すぐに妹じゃないか思うて、追いかけたりしておりましたよ。結婚して子供を持ってからも、相生橋を通るたびに、妹はどうしておるんか、思い出してはぼろぼろと涙を流しておりました。今はそういうことはなくなりましたけど」

被爆当時、祖父以下十二人を数えた藤森家の家族も、祖父の吾市没後、三女・操が五十六歳で、父親の謙吉は八十九歳で亡くなった。操は生前、二児をもうけたが、そのうちの一児を白血病で亡くしている。焼け野原の広島の街を淑美と二人、敏子を捜して歩いた母親のカスミも、今はすっかり年老いて、なかば痴呆《ちほう》の状態にあるという。

「それでもね、母は不憫《ふびん》に思うんでしょうよ、敏子のことを話したりすると、涙を浮かべてよく泣くんですよ、今でもね。もうずっと前になりましたけど、『戦争が終わったら飴玉《あめだま》が食べられるね』って、戦時中、敏子が言ったって、母親から聞いたことがあるんです。まあ、お菓子一つない時でしたからね……。今でもただ気になるのは、あの食糧難のなか、長女の私がご飯のよそり役をした時のことですよ。食べ盛りの妹や弟たちに、ちょっとずつ加減したのがね、なぜみんな同じにしてあげられなかったかって……。目につくほどじゃない、ほんのちょっとでしたけど。本当は自分のお茶碗こそ少のうしてよかったのに思うて。それが今になっても妙に悔やまれるんですがね……」

六十年の思いを歌に

（二〇〇五年）

長い「ヒロシマ」の仕事の中で強く胸に残るのは、生き長らえた被爆者の犠牲者に対する慈しみと弔いの心である。

十五年前、室積淑美さんから被爆体験をうかがうなかで、とりわけ心に響いたのは建物疎開の作業場に出かけたまま帰らなかった妹敏子さんへの哀慕の情だった。

被爆の翌日、帰らない妹の敏子さんを父母とともに地獄と化した市内を探して回った淑美さんは、その後をどう過ごしてきたのだろうか――。連絡をとるとお元気なことがわかり、西区高須《たかす》の住まいを訪ねた。

今は三人の子供も家庭を持ち、八十三歳になる夫の新太郎さんと二人暮らしである。淑美さんは八十歳。よく通る声とあまり変わらない容姿に、過ぎた十五年前がついこの間のように思えたりする。淑美さんにはお孫さんが七人いる。

日ごろの生活はどんなふうに――と質《ただ》すと「あの原爆のことがいつも頭の奥にあって、一時として忘れることはありません」、そう言い、「何か薬缶《やかん》のようなものを持って熱いって感じるでしょ、そうするともう、あのパッときた閃光《せんこう》のことが浮かぶんですよ」。

淑美さんは一九九九（平成十一）年に高野鼎さんと同じ「真樹社」に入会し、短歌を始めている。「真樹社」が発行する結社誌には、淑美さんの原爆をテーマにした多くの歌が載っている。その歌一つ一つを読むと、淑美さんは短歌を通し、被爆の惨さ、人間の絆《きずな》を引き裂いた原爆の罪業と遺族の悲しみを、語り継ごうとしていることが伝わる。

その歌はすでに語られているように、原爆投下の前から炸裂《さくれつ》の瞬間、閃光《せんこう》と爆風による惨状、牛田の山へ逃げて後の翌日、敏子さんを捜すなかで見た地獄、さらに半世紀以上が過ぎてなお消えることのない原爆にかかる心のうちを切々と、しかもリアルに詠んでいる。

六日の夕べ、避難した牛田の山中で眠れぬ夜を過ごし、帰らない敏子さんにいたたまれず、壊滅した街に出るときの心情を次のような歌に託している。

妹が気になりたまらず七日朝
　明くるをまたず山を下りる

そして惨禍の街を回り、爆心地近くを流れる元安川では、

七日の朝川岸のむくろ数知れず
　　声もかけずて父とさがしぬ

原爆投下から六十年が過ぎた。広島の街からは被爆の傷跡はすっかり消え、記憶を告げるのは原爆ドームと犠牲者を慰霊するモニュメントだけである。半世紀に余る歳月は「ヒロシマ」を人々の記憶から遠ざけてきた。室積淑美さんは、そんな今ある日本の風潮を鋭く読みとり、その思いを歌に込めている。

原爆ドームの辺より川めぐり
　　われには到底できぬこの川

記憶し語り継ぐこと、それは死者への生ある者の本務にほかならない。

橋本　明……前夜の酒盃

平和記念公園は広島一の繁華街だった

呉服商を営んでいた橋本家は広島市の中心街、中島本町《なかじまほんまち》(現・中島町)に「おうばん屋」という屋号の店を持ち、市の西に当たる古田町の高須《たかす》(現・西区高須)に住んでいた。店の若旦那だった橋本明《はしもとあきら》は太平洋戦争の勃発時《ぼっぱつじ》に召集を受け、広島市内の橋梁《きょうりょう》や軍関係の施設の警備に当たっていた。原爆が投下される何日か前、橋本は健康を害し、家庭療養が認められて自宅に戻っていた。

八月六日朝、橋本は一度起きて薬を飲み、再び床に就いた。眠っていたので閃光《せんこう》と炸裂音《さくれつおん》は覚えていないが、もの凄《すご》い衝撃で気がついた。腰をあげると周辺は暗く、かすかに煙のようなものが立ち込めていた。

橋本は一九一一(明治四十四)年八月二十日、広島県下の佐伯《さえき》郡で生まれた。乳飲み子の時、父親が死亡し、後に母親が再婚したため、母方の伯母が嫁いでいた橋本家に養子としてもらわれた。養父の初太郎は長年アメリカのハワイで暮らし、「おうばん屋」はハワイから引き揚げてから、開業した店だった。

「平和乃観音像」平和記念公園／中区中島町

「（養父の）親父《おやじ》さんは矢賀《やが》（現・広島市東区）の出身で、若いころから長いことハワイに行っておったんです。二六（大正十五）年に帰るんじゃが、向こうではホノルルのキングストリートに藤井商事というのがあって、そこが経営する百貨店の支配人を長くしておったそうですよ。日本へ帰った翌年、何かいい商売を、ということで呉服の店を持ったんじゃね」

「おうばん屋」があった中島本町は、元安川《もとやすがわ》と本川《ほんかわ》（旧太田川）に挟まれた現在の平和記念公園の一部で、かつてはこの一帯は中島地区と呼ばれていた。ここには寺、神社、銀行、映画館、料亭、写真館、銭湯、カフェー……多彩な商店が軒を並べ、明治、大正、昭和の初めごろまでは広島一の繁華街だった。

「わしはハワイから先に帰っておった伯母に育てられたんじゃが、親父さんが店を持ったころ、中島はにぎやかでした。本川と元安川、両方の川岸に、あのころは帆船《ばんせん》いいましたが、船着き場があって、九州とか四国から物資を運んできて、荷揚げしたり、また広島県下の産物を積み出したり。川辺には料亭が並んでいて、カフェーとか赤ちょうちんがあったり、それは活気があって楽しいところでしたよ。また、元安橋がモダンでね。川の水も綺麗《きれい》ですから、夏になると子供が水浴びをしたり……。今の原爆ドームは産業奨励館いうて、あの界隈《かいわい》は公園のようになっていて、夏の宵などには大勢の人が出て、夜遅くまで夕涼みをしておったですよ。わしの家の『おうばん屋』は平和記念公園の中に『平和の火』がありますでしょう、あのあたりにあったです。よう繁盛して、ひところは店員を五、六人置いておりました」

橋本は、アメリカ帰りのハイカラで一般の家庭より裕福な養父母のもとで少年期を過ごし、二九（昭和四）年三月、市内の竹屋町《たけやちょう》にあった私立山陽中学を卒業した。学校を出るとすぐに家業を手伝ったが、世情はすでに平穏ではなかった。この年の十月、ニューヨークで世界恐慌の発端となる株式市場の大暴落が起き、前年の六月には関東軍が中国東北部（旧満州）で、中国の軍閥の指導者・張作霖《ちょうさくりん》を列車ごと爆殺する事件が起きている。世界的な不況と軍国化が進む時代、橋本は、三四（昭和九）年秋、四歳下のタマエと結婚した。

「召集令状を受けたのは、結婚してからの三七（昭和十二）年八月でした。日華事変《にっかじへん》（日中戦争）が始まってすぐです。長男の開《はじめ》が生まれて五カ月ぐらいの時で、隣近所の人たちが大勢出てくれて、元気で行ってきてくださいよ、生きて還ってくださいよいうて、歓呼《かんこ》の声に送られて出たんです。そしてすぐに中国に送られて、北から南へ、さらに仏領《ふつりょう》インドシナまで転戦しましたがね、運がよくて負傷もしないで帰りました」

橋本が兵役を終え、復員したのは四〇（昭和十五）年十二月。国内ではすでに物資が不足し、生活必需品の米、味噌、醤油、塩、マッチ、木炭、砂糖など十品目が切符で求める配給制になっていた。街には「一億一心」「贅沢品《ぜいたくひん》は敵だ」の流行語がはやり、軍服に似たカーキ色の国民服が幅を利かせていた。

「わしが復員した時には、商売も十分にはできんかったです。実績のある店が何軒か集まって、配給所を作りましてね。一般の人たちは切符で買いよるんです。呉服物いうても、毛とか絹、綿のようないい物はどこかへ行ってしまって、あるのは人絹《じんけん》とかスフばかりでしたよ。店員さんも次から次と召集を受けて、もうそのころは一人もおりませんでした。

四一（昭和十六）年十二月八日の真珠湾攻撃の時は、中島の店におりました。真珠湾を叩《たた》いた、言うてもね、親父さんがハワイに長くおって、アメリカの国力ってものをよく知っておりましたから、『駄目じゃ、これは負けるよ……』って、最初から言うておりましたよ」

太平洋戦争が勃発した時、橋本はちょうど三十歳。中国戦線から復員して一年しかたっていなかった。しかし、開戦と同時に再召集を受け、市内の文理科大学（現・広島大学）に本部を置く独立工兵第二七八四部隊に入隊した。広島飛行場と橋梁《きょうりょう》の警備が主な任務だったが、戦局が悪化するにつれ、軍事物資を貯蔵するための穴掘り作業にも駆り出された。

「独立工兵いうても、年を取って野戦では役に立たない兵隊の集まりですよ。赤紙（召集令状）が来て入隊はしたものの、最初のころは一カ月勤めたら次の一カ月は自宅に待機したりしておったです。広島の主な橋とか飛行場の警備が仕事でした。そのうち戦況がどんどん悪くなる。終戦間際には市内の草津《くさつ》の国民学校におって、草津の奥に佐方《さがた》というところがあるんじゃが、そこの山の谷間《たにあい》に軍事物資を疎開《そかい》させるいうことで、トンネルのような横穴を掘らされていましたよ。食べるものもろくにない、そ

のうえ厳しい労働ですから、とうとう体を壊してしまうんです。この時百五十人おっ

た兵隊のうち、五十人が駄目になりましたね。わしは大腸カタルのような病状だった

んでしょうよ。病院いうでも野戦からの傷病兵でいっぱいですから、わしら古参兵は

入れてはもらえんのです。帰宅療養ということで文理大の本部で許可をもろうて、高

須の家に戻りました。それが原爆が落ちる三日前、八月三日ですよ」

　この時の橋本家の家族構成は橋本明（三十四歳）、妻・タマエ（三十歳）、養父・初太郎（六十二歳）、養母・ヨシ子（六十歳）、長男・開（八歳六カ月）、そして橋本が中国から復員後に生まれた長女・洋子（三歳七カ月）、次女・玲子（九カ月）の七人だった。このうち国民学校の三年生だった開だけは、学童疎開《そかい》で家族のもとを離れ、県下の安芸《あき》郡温品村《ぬくしなむら》（現・広島市東区温品）で集団生活を送っていた。

「家族は開を除いてみんな高須の家にいたんじゃが、親父さんだけは店を見るために、中島と高須を行ったり来たりしてたんです。八月五日、原爆が落ちる前の晩に、わしは家で寝ておったんじゃが、親父さんがおるところへ戦友の山崎さんと砂田さんという仲のいい二人が訪ねてきなすって、久しぶりというので、切符で手に入れた

橋本の家族はこの住宅街で被爆した／西区高須

ビールを開けて、四人で飲んだんです。この夜はみんなで夕食を食べて楽しくやりましてね。夜も十二時近くになって、親父さんが中島に戻るというので、『お父さん、夜も遅いしこのまま家に泊まったほうが……』って、ずいぶん止めたんです。じゃが、留守にしておくと無用心だし、なにしろ非常時でしたから、何かあってご近所に迷惑でもかけちゃいかん、そういって強引に帰ったんです。まさかそういうことが起きるとは思わんから、それじゃあ、ということで家を出たんですよ、二人のお客さんとね。中島までの途中の天満町《てんまちょう》に、天神さんいうお宮があるんですが、お客さんの一人の山崎さんが、その近くに住んでおられて、遅い時間で電車も何もないもんじゃから、そこまでは宮島《みやじま》線、そして市内の電車筋を二人で歩いてね、その天神さん近くで別れたって、命拾いした山崎さんが後になって話されました」

養父と洋子ちゃんの死

明けて六日、橋本は高須の自宅で朝五時ごろ目を覚まし、薬を飲んで再び床に就いた。日夜を問わず警報が鳴る日々だったが、この日も朝七時過ぎ、中部軍管区司令部は敵機来襲の警戒警報《けいかいけいほう》を発令した。警報は七時三十一分に解除されたが、この時すでに原子爆弾リトルボーイを搭載し、太平洋上のテニアン島を離陸した米軍爆撃機B29・エノラゲイ号は投下目標の広島に向けて飛行し、刻々と接近していた。そして八時十五分、快晴の空中に投下された爆弾は広島市のほぼ中心地、細工町《さいくまち》（のちの大手町）の約五百八十メートルの上空で炸裂《さくれつ》した。

「夏のことじゃから、わしは浴衣《ゆかた》を着てね、薬を飲んだ後、眠っておったです。じゃから光も音も知らなんだ。なんというのか、もの凄い衝撃がしてね。気がつくと何がなんだかわからん。煙のようなものが立ち込めて見通しが利かんのです。しばらくして少しずつ見えるようになって驚きました。二階建ての立派な家でしたが、窓は吹き飛ばされる、建具も家財道具もみんなばらばらですよ。わしは上向きに寝ておった思うが、ガラスの破片か何かが当たったんでしょう、鼻の真ん中をえぐられて肉片が垂れ下がっておりましたよ」

高須の本宅は「おうばん屋」が繁盛していた三二（昭和七）年に建てたもので約五十坪（一六五平方メートル）。青い瓦《かわら》屋根の二階建てで、和洋折衷《せっちゅう》のモダンな家だった。爆心地からは直線距離で約三・五キロメートルある。

原爆が投下された時、家には橋本が一階の座敷に、養母のヨシ子が玄関口に、妻のタマエが風呂場に、まだ乳飲み子だった玲子は橋本の隣の部屋に寝かされ、もう一人、長女の洋子だけが庭に出て遊んでいた。爆風に直接さらされた屋根や窓はもとより障子、襖《ふすま》は吹き飛び、天井や壁の一部までが落ちるなど、家屋の被害は大きかった。が、幸い屋内にいた四人は怪我はしたものの、いずれも大事には至らなかった。外にいた洋子も傷を負わず、この時点では後に起きる放射能障害など想像もできなかった。

「隣の部屋におった玲子が爆風を受け、大声をあげて泣いとりましたよ。そこへ玄関口におった母親が駆け込んできて……。最初は大型爆弾の直撃かと思ったんじゃが、これはただごとではないと、すぐに気づきましてね。顔に傷を負っておる、体も調子が悪かったんじゃが、非常時には文理大の部隊本部に戻ることになっておったから、すぐに軍服に着替えて、軍刀下げて出かけたです。何時じゃったか、宮島線の線路沿いを歩いて己斐橋《こいばし》まで行きましたら、もう、焼けただれて逃げて来た人たちが殺到しておりました。その避難してくる人たちの中に、中尾軍曹《なかおぐんそう》いうて、部隊本部の書記をしておったのがおりましてね。中尾さんが言うのに、『橋本さん、今おいでになっても部隊は全滅して、みんなばらばらになっておる。あなたも顔に怪我をしておるし、

元安川・元安橋付近／中区大手町

行っても駄目じゃから引き返しなさい、何かあればお宅のほうへ知らせるから……』って。その中尾さんも真っ黒で焼けたような格好しておりましたがね。もっとも市中はすでに煙があがっておって大勢の避難者が橋を渡って逃げてくる。そんなじゃから行こうにも行けん。仕方ないから中尾さんに、じゃあ頼みますわいうて、そこで別れて家へ戻りましたよ」

家に帰っても橋本は動揺したままだった。前日の夜遅く、中島本町の店へ戻って行った初太郎の安否がまず気がかりだった。しかし、手のくだしようがなく、六日の夜はあばら屋になった家で眠れぬ時を過ごした。熱線を浴び、爆風で倒壊した広島の街は巨大な火災を誘発し、夜になっても赤く染まった空が高須からも見えた。火災は広島の街を焼き尽くし、翌七日の朝にはほぼ収まった。

橋本は早朝、高須を出て中島本町の店を目指した。前日、避難民でごった返していた己斐橋、さらに福島橋を渡ってから電車通りに出て、天満町、小網町《こあみちょう》と歩いた。電車通りといっても電柱は倒れて電線が垂れ下がり、建物の残骸《ざんがい》が散乱して容易には進めなかった。それでも橋本は靴の踏み場を見つけるようにして足を運んだ。奥に進むにつれ、この世とは思えぬ地獄絵が広がっていた。

「まだあちこちに火が残っておって、履いておる靴が焦げるんです。小網町あたりまで行くと、もう熱くて前には進めんのです。仕方ないから南に下って、火のないところを拾うようにして、舟入《ふないり》から水主町《かこまち》（現・加古町）に回ってね。中島は水主町の北に当たるが、ここがまた火になっておるので、萬代橋《よろずよばし》（万代橋）のたもとから元安川に下りて、そこから水辺に沿って上ったです。

萬代橋の上に今は平和大橋というのが架かっておるが、当時は新橋いうておった。みんな炎に攻められて熱かったからでしょうよ、川に飛び込んだ人たちが、そこの橋脚とか川辺に重なるようにしてひっかかっておる。それも半分は死んで、あとの半分はまだ生きておるんです。そんな中に親父さんがおらんか思って、よくよく見ても、みんな黒く焼けてしもうて誰じゃかいうより、男か女かもわからんです。それが何十人もかたまって浮いておる。それを見てね、まあ恐ろしい光景ですよ。じゃが、悲しんどる余裕《ひま》がない。わし自身も衰弱しておったし、親父さんを捜すことで頭がいっぱいじゃから……」

中島地区のうちでも「おうばん屋」があった地点は、爆心地からわずか二百メートル足らず。橋本は新橋からさらに水辺を遡《さかのぼ》り、元安橋のたもとに築かれた石段を上がって、やっと目的の場所にたどり着いた。そこも死の光景だった。かつて広島一の繁華街だった中島は人の営みも、鳥も木も草も、生あるものすべてが爆風と焦熱のもとで死に絶え、焦土の街に変わっていた。

「おうばん屋」はすっかり焼け、無残な跡をさらしていた。火災の前の爆風で店の建物全体が宙に浮いたらしく、焼けぼっくいになった土台が元の形で道路の真ん中までせり出していた。近くの防火用の水槽には、通りかかった通行人だろうか、苦しみから逃れようと、何人かが頭から体を突っ込んで、足を天に向けていた。店にいたはずの初太郎は見当たらなかった。

「八時十五分いうたら、ちょうど通勤時間じゃがね。水槽の人たちは歩いておったところへ、パーッときて、苦しゅうてたまらなくなって飛び込んだんでしょうよ。うちの店は、親父さんがいつもラジオを聴いたり新聞を読んだり、ソロバンを入れて帳簿付けをしておったところは床下にタイルが張ってあったので、焼け跡からもようわかる。そのあたりを一生懸命捜したんじゃが、どこへ行かれたのかわからなんだ。じゃがね、隣組だった方たちは焼け跡でみんな死んでおったですよ。

「おうばん屋」はこの近くにあった／平和記念公園・中区中島町

お隣で菓子を商売されていた定政さんは、お嬢ちゃんとご夫婦が三人重なり合って焼けておる。その近くにマンホールがあって、マンホールの蓋《ふた》がはじけて飛んでおりました。福原さんいうタバコ屋をなさっておったおじいちゃん、おばあちゃんは二人して凭《もた》れ合うように、その隣が町内会の組長をしておった吉岡さんでやっぱり倒れておるし、そのまたお隣の本屋さんをなさっていた上田さんの家では、臨月だった奥さんが座ったような格好で、真っ黒になって焼けておりました。

物資のないときで、お互いないものを分け合ったりして、優しゅうしてくださった人たちです。それはもう親戚のようなつきあいでしたから、なんでこんな惨《ひど》い目に遭わなければ思うてね。言葉にも何もならんです」

翌日も橋本は、行方がわからない養父を捜して歩いた。どこも瓦礫《がれき》と化していた。元安川や本川の川辺を重ねて回り、市役所、警察署、郵便局の焼け跡にも足を運んだ。数日後には、兵隊たちが川面《かわも》から犠牲者の死体を引き揚げ、荼毘《だび》に付す光景があちこちで見受けられた。

「店のすぐ近くの元安川、西側の本川とね、川も何度か捜しましたが、もしや親父さんじゃないか思って、よくよく見てもわからんです。特に本川のほうには中学生か女学生ぐらいの若い人たちがいっぱいでした。川を見てもわからんから、あるいはどこかに収容されて生きておらんか思って、市役所の跡とか警察とか、そういう公《おおやけ》のところにも行きましたが、そうすると焼け焦げたトタン板とか戸板のようなものに、生き残った人の避難先が書いてある。どこの誰それは岩国の海兵隊に収容されているので連絡を、というように伝言がいっぱい掛かっておりましたよ。そういうのをずいぶん見て歩きましたが、やっぱり見つからんです。六日の日から三日、四日とたつうち、元安川や本川にいっぱい浮かんだ遺体をね、宇品《うじな》にあった暁《あかつき》部隊の兵隊が船で収容して焼くんですが、その煙があちこちであがっておりました」

養父の消息はまったく摑《つか》めなかった。それでも橋本は毎日のように高須の家を出ると、真夏の炎天下、行方を捜した。八月九日、長崎に二発目の原爆が投下され、その同じ日、ソ連が参戦したことで日本はポツダム宣言を受諾《じゅだく》し、八月十五日無条件降伏する。橋本は天皇から発せられた日本の敗戦を、出先の己斐《こい》の街で聴いた。

耐乏生活に重なる敗戦のもとで養父を捜し続けたが、その一方、橋本家ではすでに、庭先で被爆した長女の洋子が、高い熱を出して苦しんでいた。

「その時は原爆症なんてことは、ぜんぜんわからなんだ。四、五日、いや一週間ぐらいしてからか、急に高い熱が出ましてね。頭が痛い痛いいうて、苦しいからでしょう、頭をかきむしるんですよ。そのうち血便が出るようになる。病院いうてもどこもやられておるし、怪我人や病人ばかりですから……。半分壊れた高須の家に寝かせましてね。氷なんてもちろんない。庭先に掘り井戸がありましたので、冷たい水を汲《く》んでは頭を冷やしておりました。小ちゃい予供のことで苦しがる。そして水を欲しがるんです。じゃが、水はいかん、水を飲ませたら死ぬる、言われておったので、欲しがってもやらなんだ。苦しがるので夜通し冷やしておりましたけど、こちらも疲れておるからうとうとする。その間に、よほど喉《のど》が渇いたんでしょうよ、枕《まくら》もとに置いといた洗面器の水を飲んだんです。そこで『洋ちゃん、これを飲んだら駄目！』って叱《しか》ったんです。そしたら『ごめんね』って……。何日じゃったか、いよいよ危ない思うて、己斐の津田さんいう内科に家内と二人で連れて行きましたが、やっぱり駄目じゃったです。どうせ死ぬるんなら飲ませてあげればよかった思うとね、今でも悔やまれるですよ」

児童公園／西区高須

橋本　明……前夜の酒盃

洋子が幼い体で、頭をかきむしって苦しみ、枕もとの水を親の目をかすめて飲んだのも、必死で生きようとした証拠《あかし》だった。が、看病の甲斐《かい》もなく、被爆して十五日目の八月二十一日、満三歳七カ月の短い命を閉じた。被爆した揚げ句の敗戦で物資がまるでなく、橋本は妻のタマエと洋子の亡骸《なきがら》を手許《てもと》にあった廃物の木箱に納めた。近くに火葬場があったが、死者が続出していた時で、運び込まれる遺体があまりにも多く、火葬場で荼毘に付せる状態ではなかった。

「お棺《かん》なんかないから小さなソウメンの空き箱ですよ。火葬場は駄目じゃいうので仕方ない、近くの畑で焼いたです。当時は食べるものがないから、どこでも空いた土地には芋を植えたり野菜を作って自給自足です。高須の児童公園が芋畑になっておって、そこに燃えるものを集めてね。それがうちだけじゃない、どこの家も一人二人必ず死ぬるもんですから、あちこちから煙があがっておったです。焼くいうても燃やすものもろくにないんじゃから、半分しか焼けんのです。わしら中国の野戦におったとき、兵隊が戦死するとその場で手首を切って焼けるときに骨にして、それを内地へ送っておった。終戦時はそんな戦場と同じで、葬式どころか線香一本ないんじゃから、それはみじめなもんです」

バラック建てで「おうばん屋」を再開

窮状のもとでの洋子の死は、橋本家にとってことさら不憫《ふびん》だった。学童疎開で家族のもとを離れていた長男の開は元気で戻ったが、養父の行方は依然わからなかった。GHQによる財閥解体と農地改革の指令、天皇の人間宣言、新円の切り替えと新しい秩序づくりは始まったが、国民は食糧難とインフレのもとであえいでいた。

親族の意が霊に通じたのだろう、手がかりが摑《つか》めなかった養父が原爆投下から一年後、思わぬところから遺骨で見つかった。

「もう駄目じゃろう思っておったら、お隣の定政さんの焼け跡からね。測量するので整理しておった。そこへお骨が一体出た言うんです。調べてみたら、親父さんは金歯と銀歯を入れておったので、その歯型でわかったんです。爆心地のすぐ近くじゃから爆風で吹きあげられ、三メートルぐらい西へ移動する格好でたたきつけられて焼けておった。意外でしたね。一生懸命捜したんじゃが、お隣におってわからなんだ」

被爆から一年が過ぎても、広島はところどころにバラックは建っていたが、まだ瓦《が》礫《れき》が目立つ街だった。広島、横川、己斐の三つの駅の周辺に闇市《やみいち》ができ、衣食にかかわる露店が並んで、ここだけは人が群がって活気があった。

遺骨が見つかったそのころ、橋本は広島駅に近い京橋町《きょうばしちょう》にバラック建ての店を持ち、被爆前と同じ呉服商を始めた。店の玄関には養父から受け継いだ「おうばん屋」の屋号を掲げた。

「被爆から五年、あるいは十年ぐらいまでは、広島は中央の商店街いうものはできておらんかった。繁盛しておったのは闇市ばかりです。最初は街を離れておった方たちが帰ってくる。古くからの力のある人が銀行から資金を借りて商売を始める。そのうち市が道路を整備するね。そんなふうにして少しずつ復興してきたんです。

わしのところは終戦前、火災保険に二口入っておって、それぞれ五千円の保険金が下りたんです。それを元にバラックを買いましてね。親父さんのハワイでの友達が宮島《みやじま》の近くにおって、運賃だけ出せばいうて、廃材を分けてくれたんです。それでバラックを建て増しし、ガラス戸を買うてきて陳列棚のようなものを作りましてね……」

バラック建ての粗末なものだったが、とにかく店は持つことができた。が、呉服商

橋本は敗戦後、この街に店を持った／南区京橋町

といっても物資が欠乏した敗戦下では扱う商品がなく、なかなか商いにはならなかった。最初はお客が持ち込んでくる品物を買ったり預かったりして、それをほかのお客に転売する古着屋のような商売から始めた。

「街はやられてしまっておる。広島市内におっても、運よく助かったり街を離れていて生き残った人たちは、仕事がないんじゃからみんな生活に困って、売り食いするしかないんです。そこで疎開先に移しておった品物をね、訪問着とか振り袖とか、いいものもたくさんありましたよ。持ってこられる品物のなかには、原爆で亡くなられた方のものもたくさんありました。お年寄りとか子供、それに荷物は疎開したのに本人が街におって、原爆で亡くなっておる、そういう品物です。そういうものを買ってくれ売ってくれってね。じゃが、こちらにもお金があるわけじゃない、そこで預かって、売れたときに一割とか二割とかの手数料をいただくんです。終戦から一年といえば街は焼け野原、みんな食うのに必死でしたから……」

養父・初太郎の跡を継ぎ、京橋町に再建された「おうばん屋」は戦後の混乱期を生き抜き、高度経済成長期後もずっと橋本の手で営まれてきた。養母のヨシ子は被爆から十年を生きて他界したが、長男の開と次女の玲子は成人して所帯を待ち、橋本と妻のタマエはすでに商売を退いて、家業は開が継いでいる。

「原爆が影響していたのかどうか、母親は七十歳を前に亡くなりましたがね。あとはみな元気です。じゃが、こうして歳月がたちましても、小さくして亡くした子供のことは頭から離れません。あの子（洋子）は早く亡くなったくらいじゃから、しっかりしておって、生まれたばかりの下の子（玲子）を、ようかわいがっておりました。原爆が落ちる少し前でしたがね、わしが外でもろうた森永キャラメルを持って帰ったら、『お父さん、これ何？』って……。キャラメルのことも知らなんだ、それほど何もない時代でしたから。ほかの子供のように今も生きておったら、それを思うと不憫でなりませんよ……」

長く語り部を務めて

（二〇〇五年）

橋本明さんとは撮影と取材を目的に初めて広島を訪れた一九八五（昭和六十）年八月六日、平和記念公園内にある「平和乃観音像」の前で邂逅《かいこう》した。この像は、被爆で消滅した旧中島本町の「中島平和観音会」の人たちが資金を募り、爆死した町民の慰霊と平和を祈願して五六（昭和三十一）年に建立された。

被爆四十周年のこの日、「観音会」の方たちが他府県からも集まって慰霊祭が行われていた。その場を通りかかり声をかけると、橋本さんは親切に応えてくれて、観音像の謂《いわ》れや被爆前の中島のことなどを話してくれた。

安佐北区口田南《あさきたくちたみなみ》に住まわれていた橋本さんを改めて訪ねたのは、初対面から二年目の八七（昭和六十二）年四月。奥さんのタマエさんと二人で被爆前後の経緯を懇切丁寧に語ってくれた。

その中でわけても心に残るのは三歳七カ月だった長女の洋子ちゃんが、被爆後、高熱を出し、水を欲しがるのをたしなめたこと、そして亡くなったことを悔やみ、「どうせ死ぬるのなら――」そういって涙ぐんでいたことである。

被爆した時生後九カ月で難を逃れた次女の玲子さんは、市内の郵便局に勤めている。東区上温品のお宅に玲子さんを訪ねた。

玲子さんによると、父親の明さんは「中島平和観音会」の副会長を長く務めた。八十代の半ばまで毎年原爆忌が巡るごとに観音像前で行われる慰霊祭に出席し、頼まれると修学旅行生の前で原爆禍の語り部（証言者）を務めていた。そんなとき家でも被爆のことに触れ、八月二十一日の洋子ちゃんの命日には、「今日は洋子ちゃんの日ですよ――」、そう言ってタマエさんとともに仏壇に向かって手を合わせた。

明さんは慰霊祭に出席していたころまではマイカーを運転し、春の花見どきには尾道にまで車を走らせ、桜を楽しんでいたこともあったという。

明さんは二〇〇三（平成十五）年四月、九十一歳で、タマエさんは翌年十月、明さんのあとを追うように九十歳で亡くなった。

お父さん似で六十歳になる玲子さんと語り合いながら、洋子ちゃんが元気でいたら――そんな思いが頭を過《よぎ》った。

高蔵信子……二人の生と死

猛火の中、黒い雨が降り出す

広島銀行本店は爆心地からわずか三百メートルのところ、広島市中区紙屋町《かみやちょう》の電車通りにある。被爆当時は芸備《げいび》銀行の名で呼ばれていた。

広島が一発の原子爆弾によって瓦礫《がれき》の街と化す前、米軍は一九四五（昭和二十）年八月から大戦の降伏を促す宣伝ビラを市街上空から撒《ま》いていた。しかし、鬼畜米英《きちくべいえい》の軍国主義に洗脳されていた指導者や一般市民が、それを真顔で受けとめようはずがなかった。

その年の春、芸備銀行本店へ入行したばかりの高威信子《たかくらあきこ》（旧姓・龍谷）は、その日も他の行員より三十分ほど早く出勤し、いつものように机に雑巾をかけていた。と突然、目の前が真っ白になった。目がくらむような閃光《せんこう》は確かに覚えているが、光を感じた瞬間、意識を失った。

信子は一九二五（大正十四）年十一月三日、広島湾に浮かぶ芸予《げいよ》諸島の一つ、広島県安芸《あき》郡倉橋島《くらはしじま》村（現・呉市）尾立《おたち》で、龍谷家の末っ子に生まれた。生家は西芳寺という浄土真宗の寺で、家族は住職の父・恵照《えしょう》と、母親・つる代、それに兄一人と姉三人の七人だった。

戦時中、兄の誓鎧《せいがい》は学徒動員で高知の高射砲部隊に兵役し、結婚していた三人の姉のうち次姉の照子《てるこ》と三姉の淳子《きよこ》は家族とともに中国に渡り、長姉の枝子《しげこ》は嫁ぎ先から島に戻って両親と暮らしていた。

信子は三九（昭和十四）年三月、地元の倉橋島村立尾立尋常小学校を卒業し、広島市内の進徳高等女学校（現・進徳女子高校）に進んだ。四三（昭和十八）年に進徳高女を卒業すると、京都の本派本願寺保母養成所（後の京都女子大学児童科）に入り、一年で卒業した。

「保母養成所を四四（昭和十九）年三月に出まして、今度はその年の四月、同じ京都の本願寺中央仏教学院に進むんです。が、このころには戦局が日に日に逼迫《ひっぱく》して、勉強どころではなく、九月からは勤労動員でした。それではというので、十一月に退学して島に帰りました。家に戻りましてからは保母の資格がありましたので、最初、幼稚園のようなところで働くつもりでした。ところが戦争が激しくなるばかりで幼稚園どころではないんです。といって家におりますと、当時、独身の女性には徴用令《ちょうようれい》というのがありまして、軍需工場で強制的に働かされました。それで銀行にお勤めしたわけです。島を離れてお勤めをしましたのが、原爆が落ちる少し前の四五（昭和二十）年の五月でした」

信子は市内・白島東中町《はくしまひがしなかまち》（現・白島中町）の親戚《しんせき》に下宿し、近くの白島町電停から市電を使い、紙屋町の職場まで毎日通った。すでに空襲警報《くうしゅうけいほう》のサイレンが日常化し、その年の七月一日には、日本軍の鎮守府《ちんじゅふ》で広島に隣接する呉《くれ》の街が米軍B29の大空襲を受け、街のほとんどが焼け野原となった。この日の爆撃は呉に近い倉橋島にも及び、幸い死傷者は出なかったが、焼夷弾《しょういだん》による火災で西芳寺の本堂と母屋を焼失した。

八月六日朝、空襲警報が解除になった七時半過ぎ、信子はいつものように下宿を出た。銀行までの通勤時間は三十分足らず。行員になってまだ日が浅かったため、仕事場を掃除するのが習わしで、上司や先輩より一足先に出勤した。

「わたくしの職場は為替《かわせ》課で一階の奥のほうにありました。八時を少し過ぎておりましたね。職場に着きましたら、わたくしより一つ年下でしたか、同じ課の宇佐美さんという女性の方が見えておられて、『アメリカさん、日本は負けるってビラを蒔《ま》い

高蔵が通った電車通り／中区東白島町

たりしてるけど、そんなの嘘《うそ》よね……』そんなことを言いながら二人で机に雑巾がけを始めたんです。それからすぐでした。目の前がパーッと、大きなマグネシウムを焚《た》いたように明るくなりましてね。それっきり意識がなくなるんです。そして、どれくらいしてか、わたくしの前におりました宇佐美さんが、『やられた。お母ちゃん、お母ちゃん……』そういって泣き声をあげてはる。わたくし、その声ではっと気がついたんですね」

信子が我に返ったとき、目の前は真っ暗だった。宇佐美の助けを求める声も闇《やみ》の中から聞こえた。それでもいくらかの時間が過ぎるうち、周辺が少しずつ見えてきた。推察では信子の体は閃光《せんこう》の後の爆風で宙に浮き、そのまま床にたたきつけられた状態だった。後になって気づくのだが、信子が腕に付けていた時計と履いていた靴はどこかへ吹き飛び、身に着けていたウールのスラックスはずたずたに裂け、綿の半袖《はんそで》ブラウスは背中の部分が引きちぎられたようになくなっていた。広島の街を呑《の》み込んだ巨大な炸裂《さくれつ》の規模からすれば、信子がいた銀行の位置は爆心地となんら変わりがない。その中にいながら、これを奇跡というのだろう、信子は背中全体に大小の裂傷と左の肩に打撲傷を負ったが、致命傷には至らなかった。

声だけで所在がわからなかった宇佐美も時間がたつうち、爆風でめちゃめちゃになった職場の床に、うつ伏せになって倒れているのがわかった。

「初めは真っ暗でしたのがしだいに明るくなってきて、体がなんとか動いたので外のほうに目をやりましたら、もうその辺が焼け出して真っ赤な炎が見えるんです。ああ、これはなんとか逃げなくちゃ思って、わたくし、すぐに立ちあがって、『宇佐美さん逃げましょう……』そう言って手を差し出したんです。そうしたら『わたしはもう動けないから先に逃げてちょうだい』言いますのでね、『いや、わたしは一人だけで逃げるなんてできないから一緒に逃げよう』って言いました。それでも宇佐美さんは『もう体が動かないから置いて逃げてちょうだい』って……。

わたくし、その時水をかけたらいいかもって、ふと思いまして。ちょうど裏手に水場があって水道管が破裂しておりました。その水を近くにあった防空用の鉄兜《ヘルメット》で汲《く》んで、頭からバッとかけたんです。そうしましたら意識がはっきりしてきましたので、彼女の手を引っぱるようにして裏のほうに出たんです。出ましたら、もうそのへん火の海でした。そこで宇佐美さんに『これは逃げられんよ』いうて、今度は隣の住友銀行のほうに出ましたの。そうしたら、そこには吹き飛ばされて死んでる人、まだ生きている人、血みどろになった人がいっぱいおりました」

信子は重傷の宇佐美の手を引き、火勢が増すばかりの裏手を避けて、表の電車通りに足を運んだ。そこにも通行人らしい何人もが折り重なるように倒れ、苦しみを全身に表して死んでいた。電車通りに出た信子は、芸備銀行に隣接した住友銀行の玄関先に防火用の水槽を見つけた。そこにすぐに近づき、宇佐美と二人でへたへたと座り込んだ。水槽の近くにいれば周辺の火勢からいくらかは逃《のが》れられる、と直感したからだ。火災の炎は電車通りにも及んでいた。

「どうすることもできないので宇佐美さんと二人、水槽の脇にうずくまっておりました。そうしましたら電車通りの奥のほうからも火の手があがって、竜巻のような旋風が時々起きるんです。道路の上を、それはもう大きな火の塊《かたまり》がグワーッて、もの凄《すご》い勢いで走るんです。それが二、三分置きにやってきて、そのたびにジュッ、ジュッってね、髪の毛が音を立てて焼けるんですよ。

倒れている人たちには真っ黒に焼けてる方もおりますし、血だらけの方もおられる。そして、『助けてぇ！』とか、『痛いよう！』とか、言葉にならないような叫び声も聞こえてきますし……。あの光景を色で表せば黒と赤と茶……。これを阿鼻叫喚図《あびきょうかんず》って申すんでしょうね」

信子は宇佐美に寄り添いながら、焼けるような灼熱《しゃくねつ》に必死で耐えた。精神状態が錯《さく》乱《らん》していたから時間の感覚はまったくないが、銀行前の舗道《ほどう》にうずくまるうち、夕立のような激しい雨が降ったことははっきり覚えている。後に言う「黒い雨」だった。

「何時ごろだったかわかりませんが、突然でした。真っ暗な空から雨が降り出したんです。火の中におりますとね、煙と熱さで目もよく見えませんし、喉《のど》がからからに渇くんです。そこへ雨ですから地獄に慈雨《じう》で、口を空に向けて両手でかき集めるようにして飲んだんです。黒い大粒の雨でした。宇佐美さんも飲んだと思います」

黒い雨を仰いで口に注ぐ――後にして思えばぞっとするような光景だが、その時点ではまだ放射能の存在など一般にはまったく知らされておらず、二人は本能のおもむくままに行動した。

「まだ雨が降っている時でした。脇《わき》にいた宇佐美さんが思い出したように言うんです。『私たちきっと助かるよ』って。わたくしはそれまで、助かるとか死ぬとかぜんぜん念頭になかったので、ああそうかと思って、『なぜ?』って聞いたんです。そうしましたら、『私はこの間、占いのおばさんに運勢を見てもらったら、あなたは六十代まで生きられるよ』って、そう言われたっていうんです。わたくしは家が寺ですし、『朝《あした》には紅顔ありて夕《ゆうべ》には白骨となれる身なり』と蓮如聖人《れんにょしょうにん》もおっしゃっておられるとおり、占いのような雑行雑修《ぞうぎょうざっしゅ》の考え方の反対側に育ちましたから、宇佐美さんの言葉を聞いて、ああ、この人は占いを信じられる幸せな人なんだな、と思いました」

記録によると「黒い雨」は「爆心地から二キロメートル以内の壊滅地域を含む、長径十九キロメートル、短径十一キロメートルの楕円形の区域に一時間以上にわたって降った」(『広島・長崎の原爆災害』岩波書店)とある。信子は雨が降って火勢がいくぶん弱まるのを見て、宇佐美を促し、西練兵場(現・広島県庁と広島市民球場一帯)方向に移動した。靴は吹き飛ばされていたので瓦礫《がれき》の中を裸足《はだし》で歩いた。銀行と目と鼻の先にある紙屋町交差点の停留所は、電車を待っていた乗客だろう、焼け焦げた人たちが折り重なって倒れ、ここも地獄だった。

爆心地から約三百メートルの紙屋町交差点／中区紙屋町

「紙屋町といえば爆心地と同じですから……。ちょうど通りかかって直接熱線を浴びた人たちなんですね。着ているもの、髪の毛、全部焼けてしまって……。黒焦げになった死体、あるいは赤みがかった褐色といいますか、全身が煉瓦《れんが》のような色に見えるもの。もちろん男か女か見分けもつきません。そんな死体が道路といわず舗道といわず、あっちにもこっちにもいっぱいいなんです。格別、記憶にありますのは、真っ黒に焼けて炭のようになった死体の手の指先が、青い炎を立ててちろちろと燃えているんですね。体中を血だらけにして、まだ息のある方もおりました。そんな方は『水をください、水を……』って……」

厳格な父が体を洗ってくれた

紙屋町の交差点を過ぎて少し行くと、そこは陸軍の西練兵場だった。広大な土地で、当時の酷《きび》しい食糧難から一部はサツマイモ畑になっていた。

「ここでも大勢の兵隊さんが亡くなっておられました。午後もかなり過ぎておりましたでしょう。先に降った雨でしょうか、畑のくぼんだ所に水溜《みずた》まりができておりまして、その水で体のあちこちを洗ったんです。そうしましたら痛くて痛くて……。そこで初めて怪我をしていることに気づいたんです。そうするうちお腹がパンパンに張りまして、血痰《けったん》を吐いたんです。その時、ああ、わたし、あまり長くないのかなあ、と思いました。ほかにも逃げてきた瀕死《ひんし》の状態の人たちがいっぱい集まっておりました。
街中は火災が続いていて、逃げるところがありません。間もなく夕方になって、六日の夜はそこの原っぱで過ごしました。ところが真夏といいますのに寒いんです。寒くて寒くて。寒くても着るものがないですから、仕方ありません。爆風で飛ばされたトタンがありましたので、宇佐美さんと二人、上にそれをかぶせて休んだんです」

避難した西練兵場は爆心地からわずか数百メートル。そこにさらされた被爆の惨状が、どんなに非人間的で残酷なものであったか、想像を絶するものがある。その極限状態の中で信子は生き長らえた被災者の、あるいは、そこに救助にきた人たちの本性にかかわるさまざまな反応や、ありようを垣間《かいま》見た。

「この時、人間はしたたかなんだなあと思いましたのは、すぐ近くにやはり裸のような状態で顔に怪我をされていた中年の女性がおられました。その方が誰にともなしに『私を家に連れて帰ってちょうだい……』って、大きな声で叫ぶんです。よほど空腹だったからでしょうか、家に行けば、お米もあるしお砂糖もあるって言うんです。そうかと思いますと、またほかの女性は『今ごろ豚箱はどうなっておるんじゃろうか……』って。わたくしこの時、豚箱ってなんのことかわかりませんでしたので、『えっ……』って言いましたら、『うちの主人、砂糖のヤミで捕まって刑務所におる』って言うんです」

それは、見栄も外聞もない本音をむき出しにした人間の姿だった。信子は宇佐美と二人、互いに体を寄せ合い、まんじりともしないまま一夜を明かした。

「六日の夜が明けて、朝まだ早いころでした。初めて元気な方を見たんです。その方は三十代ぐらいの軍医さんで、わたしたちを見て声をかけてくださいました。『生きていてよかったねぇ、もうすぐ救援隊が来るから……』って。生死の境にいるときですから、その言葉がとっても優しく響いて胸に染みました。

そうしますうちに肉親を捜す人たちでしょう、一人二人とやってきましてね、何も言わずに通り過ぎる方、なかにはうずくまっているわたくしたちをまじまじと見て、『いらんやつばかり生きておる……』、そんなことをつぶやくようにおっしゃって立ち去る方もおりました。誰もが殺気立っているときですから、仕方がありません」

信子は悪罵《あくば》を耳にしても怒る気力もなく、呆然《ぼうぜん》としたまま時間の流れにまかすしかなかった。前日、猛火の中でにわかに降り出した雨をすすったきり、一昼夜、何も口にしていなかったが、空腹はまったく感じなかった。寄り添っていた宇佐美も言葉もなく生気を失っていた。白島町の親戚がどうなったのか。もちろん倉橋島の家族とも連絡が取れるはずがない。二人とももはや自力では動けなくなっていたので、このままでいたらどうなっていたかわからない。そんな死の淵《ふち》にいたとき、幸運だったのは宇佐美の実家が市内の宇品《うじな》にあり、捜索に出た父親が偶然にも彼女を捜し当ててくれたことだった。

「焼け野原の、本当に生きるか死ぬかの時でしたから運がよかったんです。この時、宇佐美さんのお父さんが持ってみえたのが乳母車のようなものでしたので、二人乗せてもらうのは無理なんです。もう二人とも歩ける状態ではありませんし、宇佐美さんが『二人一緒に……』って言ってくれたもんですから。そこでお父さん、一度帰られて今度は大八車を持ってきてくださいました。それに乗せて宇品の家に運んでくださったんです。夏の炎天下で、頭からゴザを掛けられておりましたから、街がどんなだったのか、まったく見ていないんです。ただ、途中で今の県立広島病院（中区宇品神田）に立ち寄って簡単な治療をしてもらいました。

宇佐美さんの家に着いてお世話になるんですが、そのころは広島の市街と島をつなぐ交通路は船が中心でした。とにかく家に知らせなくては、と思い、その翌日（八日）、艀《はしけ》の船員さんに手紙を託しましてね。九日でした、母が迎えに来てくれましたのは。やっぱり明治の女《ひと》でしたから、奇跡的に助かって対面いたしましても涙を流したり、心にありますことを言葉に表したりしないんです。母親ですから生きていてよかった、そう思ったでしょうけど、一言も口にせず、目と目を合わせただけでした」

駆けつけてくれた母親のつる代と奇跡の生還を喜び合った信子は、帰る船がなかったため、その日はつる代と二人、宇佐美のもとに泊めてもらった。翌日、十日の朝、二人は折よく出た定期船で宇品を発《た》ち、島の沖合から艀に乗り継ぎ、父親が待つ倉橋島の尾立港に着いた。

高蔵が一夜を過ごした旧西連兵場跡／中区基町

生家の西芳寺は空襲で無惨に焼け、両親と家にいた長姉は寺に隣接した檀家《だんか》の家屋を借りて、仮住まいをしていた。宇佐美の家にいても食べ物をほとんど口にしていなかった信子は、島に戻っても食欲が起きなかった。

「わたくしの父は、母と同じ明治の生まれで、とても学問が好きな人でした。法事とか寺の仕事のほかは、いつも書斎にいて勉強なんです。ですから尊敬はしておりましたけど、本堂へお参りするにも腕を見せるだけでも叱《しか》られる、というように、厳格でとても怖い存在だったんです。

わたくしが広島から帰りました時、怪我もしておりましたし、不憫《ふびん》に思えたんでしょう、垢《あか》とほこりで汚れた手とか足を、そんな怖い父がカナダライのお湯で丁寧に洗ってくれましてね。父にはそれまで、そんなことをしてもらったことは一度もありませんし、『お父さん、そんなことをしてもらったらもったいないから……』、そう申しますと、『いいんだよ、いいんだよ、あんたの父親《おや》じゃけえ、手ぐらい洗わしてくれぇ……』って……。父親の気持ちにそんなふうにして触れたのは、それが初めてで最後でした。この時ばかりは親の愛情というものをつくづく感じて、涙がこぼれましたね」

信子は爆心地の至近距離で被爆したが、建物ががっちりした鉄筋コンクリート構造で、それも一階の、閃光が届きにくい奥のほうにいたので、直接、熱線は受けなかった。しかし、激しい爆風で背中に裂傷を受け、左肩を強打し、さらに、焦熱地獄の中の熱風で左の耳にも相当の火傷を負っていた。

「体が傷だらけですから、ちょっと横になるだけでも大変でした。仮住まいの部屋に寝かされて、時どき村のお医者さんに来ていただくんですが、薬がコードチンキぐらいしかありませんので、それを付けますと、また火がつくほど痛むんです。しかも、化膿《かのう》が進むばかりでぜんぜん治りませんの。

広島から帰ってくる、それも無傷のような方が次々に亡くなっていた時ですから、部屋に臥《ふ》しておりますと、『今度はお寺のお嬢さんじゃないか……』なんて、村の人の声が障子の向こうから聞こえてくるんです。それも決して悪意があってじゃなくて、気の毒ということなんです。ですけど、死というものに無神経といいますか、何事にも感動しなくなっておりましたから、そんなふうに言われてもあまり怖いとは思いませんでした。と言いますのも、まだ終戦になる数日前で、艦載機《かんさいき》が毎日のように飛んできて機銃掃射していきますし、いつ死ぬかわからないような状況でしたから……」

そして八月十五日、信子は日本の敗戦を仮住まいの病床で知った。

「わたくしが京都の保母養成所におります時、一九四四（昭和十九）年ごろですが、本願寺の社会部長をされていた北畠先生という方がおられて、先生から話を聴く機会がよくありました。先生はドイツに留学されたりしていましたから、国際情勢がわかっておられたんでしょう、『日本は負ける』って、『戦争に負けると女性はみじめになるんだぞ』って、おっしゃったんです。

九日、宇品の宇佐美さんの家におります時、長崎にも新型爆弾が落ちて、同じ日、ソ連が参戦したことをラジオで聴いて、ああ、これで負けるんだなと思うと同時に、先生のおっしゃった『負けるとみじめなんだぞ』っていう言葉が鮮明に思い出されましてね。そんなふうでしたから、十五日に日本は負けたっていうことを姉から聞きましても、あまりショックではなかったです」

信子が敗戦をさめた思いで受け止めたのは、明日をも知れぬ傷病の身にも所以《ゆえん》した

尾立の漁港／広島県呉市倉橋島

のかもしれない。体中の痛みからは依然解放されず、体も衰弱していたが、それでも被爆者の多くが苦しんだ高熱や脱毛の症状が認められなかったことは幸運だった。

日がたつにつれ、食べ物も徐々に取れはじめ、体力にも回復の兆しが見えてきた。

「村の方々がお魚とか野菜を持ってきてくださって、精をつけなさい、そう言ってくれるんですが、最初は吐き気がして駄目なんです。それでもお母さんから『頼むから食べてちょうだい』って勧められて、少しずつ食べるようになりました。それが体力をつけるのにとてもよかったと、後になって思いました。

そんなふうに少しずつよくなって、初めてお風呂に入ったのがその年の暮れでした。傷はまだ治っておりませんが、お正月だからということで、母や姉が気遣ってくれたんです」

信子には奇跡が起きた。けれど信子と同じ場所で被爆し、二人で避難する際「きっと助かるよ」と生への望みを話していた宇佐美は、敗戦の日を待たずに死亡したことを後で知らされた。

せめてもの償いに献体をしたい

一方、信子の家族は兄の誓鎧が敗戦の年の九月復員し、中国に渡っていた二人の姉のうち大姉の照子は家族とともに無事、帰国したが、三姉の淳子は引き揚げの途中、三人の子供とともに死亡したことが関係者から伝えられた。

「終戦の二年後ですから、四七（昭和二十二）年の春でした。島に保育所ができましてね、そこで働くんですが、お昼ごろになりますと、もう疲れてしまって二時間ぐらいは横になっていないと駄目なんです。傷が治り健康が回復しましてからも、周囲からは被爆者という目で見られておりました。ですから結婚のほうも自然に遠ざかってしまって、わたくし自身は独身で過ごそうと思っておりました」

被爆者に向けられた偏見といわれなき差別――それは当事者にとって、肉体的な苦痛に重ねての心に喰《く》い入る仕打ちだった。その精神的な苦痛は結婚適齢期の若い人たちには特に残酷だった。

結婚はないものとしていた信子に縁談が持ちあがったのは、五九（昭和三十四）年の信子が三十四歳の時である。相手の高蔵宣秋は生家の西芳寺と同じ宗派の、広島市可部町《かべちょう》にある報恩守の住職で、先妻を亡くしての再婚だった。

「この時仲人さんから『結婚に支障がないっていう証明が欲しい』、そう言われましてね。とりわけ主人の両親が心配したようです。わたくしとしてはそんなことまでして、と思いましたが、『とにかく一度は結婚して……』って母に言われましてね。そうしたことでずいぶん辛い思いもしましたけど、結婚して二年後には子供が生まれました。その子も大阪大学の蛋白研《たんぱくけん》を出まして、今は結婚して酒造メーカーの研究所に勤めております」

被爆から半世紀近くが過ぎて今（一九九四年当時）、信子は六十九歳になる。すっかり健康になり、寺を守りながらの静かな日々である。しかし、かつては脊髄腫瘍《せきずいしゅよう》という大病を患《わずら》い、再起が危ぶまれたこともある。

「子供が小学校に入るころ、足にしびれを来《きた》しましてね。六八（昭和四十三）年でし

西芳寺山門／呉市倉橋島

た。広島の病院に入院して手術をしたんですが、これが失敗で、一時は半身不随の状態でした。それでも翌年に、東京の順天堂大学病院の脳外科で二回目の手術をして、そのおかげでもとの体に戻れたんです。この時、先生は『この病気が原爆と関係があるか否かは、今の時点ではわからない』、そうおっしゃいました。でも、いつでしたか、被爆されたある方が脊髄を患い、原爆病患者として認定してほしい、という裁判を起こされたことがあるんです。その時、東大の先生でしたか、わたくしの場合も爆心地に敏感である、という証言をされているんです。ですから、わたくしの場合も爆心地近くにいて黒い雨まで口にした体ですから、やはり被爆したことが引き金になっているのでは、という思いは拭《ぬぐ》えません」

爆心地からわずか三百メートルの至近距離である。信子の生存が奇跡であればそれだけ、健康に対しての心理的負担は大きかっただろう。けれど信子は、そうした心の葛藤《かっとう》や屈折を、ことさら強調しようとはしなかった。それだけに発せられた言葉には重みがある。

「わたくしね、被爆したあと島へ帰りましたときに、一つの夢を見たんですよ。今度、原爆に遭うようなことがあったら、わたしだけは上手に逃げてやろう。一度経験したんだから怪我もしないで必ず逃げてやるっていう——一時、核戦争から逃れるために核シェルターのことが話題になりましたね。この核シェルターの存在はわたくしの見た夢と同じではないかと思うんです。でも、人間は一人生き残ったとしても一人では生きていけないんですね。怒ったり悲しんだり、憎んだりちょっぴり喜んだり。煩《わずら》わしいことがいっぱいあっても、人間はやはり他人と交わることで生きられる。でですから、人間がこの地球上で生存していくためには、核戦争などというものは絶対起こしてはならない。核をこの世からなくすしかない。わたくしは恐ろしい原爆地獄をこの目で見てきましたから、つくづくそう思うんです」

八月六日、毎年巡り来る広島の原爆忌。市内の平和記念公園では記念式典が盛大に行われる。しかし、信子はこれまでその行事に一度も出席したことがない。

「被爆した方たちは、この時期になりますと、広島を逃げ出したい、とよく言われます。わたくしも同じ気持ちで、式典のような場には出る気にはなれないんです。この日はやはり家にいて、お経を読み、亡くなられた方々を静かに想い起こすことにしています」

運命の時に遭遇し、生き長らえた被爆者には、いま生あることの責任、あるいは亡くなった多くの犠牲者に対しての、負い目のような思いが誰にもある。取材の終わりになって信子は、そのことを自分に言い聞かせるようにしみじみと話した。

「わたくし、命を終えたときには献体をするつもりでいるんです。人間としてこの世に生まれ、いろいろな人たちのおかげを受けて現在がありますし、脊髄腫瘍という難病を患いながらも、こうして健康をいただいていることを非常にありがたいと思っているんです。

特に原爆で数えきれない人たちが亡くなられておりますのに、わたくしはこうして生きている。それで、いつも申しわけないなって気持ちがあるんですね。そんな思いもあって、せめてもの償《つぐな》いに最後はお預けしようと決めているんです」

果たせなかった再会

（二〇〇五年）

初対面から数えると、高蔵さんは確か八十歳である。電話をすると高蔵さんが出られ、いくぶん低い声。面会をお願いすると、「もう話すことはありませんから……」そう言い、健康を理由に再会は果たせなかった。

安佐北区可部町《あさきたかべちょう》にある報恩寺に高蔵さんを訪ねたのは一九八八（昭和六十三）年七月三日とメモにある。蒸し暑い真夏日。被爆の始終を話してくれた。

仏門の人らしく阿鼻叫喚《あびきょうかん》の場も、人の運命や人間としてのありようについても、静かに、しかも諭《さと》すように語っておられた高蔵さんを思い起こした。

島原　稔……泉水の少女

ドドドドーッと、天井が落ちてきて……

後に「警察学校」と呼ばれるようになる広島県警察消防練習所は、広島市の中心、水主町《かこまち》（現・加古町）にあった。爆心地のほぼ南に当たる約九百メートルの地点。今は広島厚生年金会館が銀色の威容を見せている。

広島県警の巡査部長だった島原は敗戦の二カ月前、突然、練習所の助教（教官）を命ぜられ、見習い警察官の教育に当たっていた。授業は毎朝八時から始まったが、その日一時限目の担当がなかった島原は、教官室で新聞を読んでいた。その時だった。突然、中庭に面した窓が真っ白く光った。そして次の瞬間、もの凄《すご》い音とともに天井が落ちてきて、真っ暗な中に閉じ込められた。まるでブラックホールに落ち込んだような静寂を感じた。そのうちうめき声が、それに重ねて「教官殿、助けてくれーッ！」。振り絞るような絶叫が伝わった。

島原稔《しまばらみのる》は一九一四（大正三）年九月五日、広島県豊田《とよた》郡戸野《との》村（現・東広島市高屋町）に生まれた。地元の尋常高等小学校の高等科を卒業後、同郡竹仁《たけに》村の静学館中学に進んだ。卒業はしたが、戸野村は寒村で、これといった職もなく、勤めのかたわら山間《やまあい》の農地を耕していた父の仕事を手伝い、何年かを過ごした。

三六（昭和十一）年三月には、同郷で五歳年下のミチエと結婚し、翌年三月には長男が生まれた。このころ国情は不況に加え、東北、北海道での冷害が深刻化し、強権政治と軍国体制が足早に進んでいた。島原が中学を卒業する三一（昭和六）年九月十八日には満州事変が起き、さらに三七（昭和十二）年七月七日には、北京《ペキン》郊外の盧溝《ろこう》橋《きょう》で日中両軍が衝突し、全面戦争へと突入した。

「盧溝橋事件が起きて一週間後の七月十四日でしたよ、召集令状が来たのは。真夜中に役場の人が持ってきましてね。充員召集というやつで、その翌日ですよ、比治山《ひじやま》の近くに広島電信第二連隊というのがあって、そこへ入りました。ここで約一カ月半訓練を受けて、九月初めに軍事物資を運搬する輜重兵《しちょうへい》として中国へ送られるんです。長男が三、四カ月になっておって。子供と家内、母親がおりましたが、家族を置いて戦地へ赴くとなれば忍びないですが、これも国家の命令とあれば仕方がない。子供は兵役中に亡くなっておるので、出征の時別れてそれきりでした。中国では最初、天津《てんしん》に駐屯し、山海関《さんかいかん》、青島《チンタオ》、南京《ナンキン》と移動し、上海《シャンハイ》を経由して三九（昭和十四）年七月に帰るんです」

二年間の兵役を終え復員した島原は、すぐに広島県警の巡査採用試験を受けている。不況に加え、仕事に乏しい寒村では国鉄職員か公務員になることが出世の道とされ、それに兵役が勤続に加算されたことも巡査試験を受ける動機になった。試験に無事合格し晴れて巡査になった島原は、瀬戸内海の因島《いんのしま》に勤務を命ぜられ、復員した年の十二月、赴任した。農地を守るため、母親と妻を戸野村に残しての単身赴任で、四四(昭和十九)年三月には巡査部長に昇進した。

「巡査部長になって、因島から今度は尾道《おのみち》警察署に移るんですが、四四(昭和十九)年いいますと、サイパン、テニアン、グアムと太平洋の島々が次々に玉砕する。翌年、終戦の年になると、国内も東京がB29の爆撃を受けて焼け野原になる。もうアメリカさんに制空権を取られて、尾道にも艦載機《かんさいき》ががんがん飛んでくる。操縦する兵士が見えるくらい低空飛行して、機銃掃射《きじゅうそうしゃ》しよったですよ。そんなですから、警察官までが次々と召集に取られる。そのために四五(昭和二十)年の六月に、警察の大増員をすることになって、尾道から広島の警察消防練習所に呼ばれることになるんです」

「警察学校」があった中区加古町

警察消防練習所があった水主町《かこまち》は広島市の旧官庁街で、練習所の隣に柔道と剣道場の武徳殿、さらに県病院と県庁が並び、武徳殿の脇には大きな池を控えた庭園があった。庭園にはこんもりした起伏があり、その一角には空襲に備えて防空壕《ぼうくうごう》が掘られていた。練習所の建物は南東向きの木造モルタル二階建て、瓦《かわら》屋根。玄関を入ったところに廊下があり、廊下に沿って三つの教官室と教室がある。二階は全部教室だった。建物の北西側は中庭になっていて、爆心地はほぼ北東に当たる。福中定雄所長以下、教官（助教を含む）が二十三人、約三百人の警官と消防士の練習生が訓練を受けていた。

「外地はほとんどやられてしまって、国内の空襲もますますひどくなる。広島もいつやられるかわからない状況でしたから、集まっておった教官たちは家族は田舎へ疎《そ》開《かい》させておって、ほとんど単身でした。わしも巡査になって因島に出てから、ずっと単身赴任でしたからね。父はこのころ家を離れておって、母親と家内、子供が田舎（戸野村）におりました。長男を亡くして次男が二歳と何カ月かになっておったでしょう。家内のほうも子育てしながら、母親と農業してましたから大変です。食糧増産いうて、作った米は供出供出で、政府に取られておりましたから……」

戦局は日に日に緊迫し、練習所に赴任した島原は練習生の指導に携わるかたわら、他の教官らと救援隊を編成し、非常時に備えていた。

原爆が投下される二日前、四五（昭和二十）年八月四日は警備のため福山に出向くが、五日には広島へ戻り、その夜は練習所へ泊まった。島原の手帳には「八月六日朝七時ごろ空襲警報」とあり、ただちに十名の分隊を組み、市内三川町《みかわちょう》の広島地方裁判所に置かれていた警備所へ駆けつけた。空襲警報は七時三十一分に解除になり、島原らはすぐに練習所へ引き揚げた。教室での授業は平常どおり八時から始まったが、この時間、島原は受け持つ授業がなく、一階の第三教官室で、その朝配られた地方紙（中国新聞）を広げていた。教官の服装は濃紺《のうこん》の制服に戦闘帽、脚絆《きゃはん》に短靴。公《おおやけ》の場では腰からサーベルを下げるのが通例だったが、授業がなかった島原は白い半袖《はんそで》シャツに濃紺のズボン、脚絆も外し、スリッパをひっかけただけのくつろいだ格好だった。

「隣が教室になっておって福中所長の訓話が壁越しに聞こえておりましたよ。それに中庭では他の練習生を別の教官が指導しておりました。そうしたらパーッ！と、中庭側の窓からもの凄《すご》い閃光《せんこう》が来たんです。その瞬間、これは何だろう、外で写真でも撮ったのか、思いましたね。閃光が来てからちょっと間がありました。建物が一瞬、持ち上がるような感じがして、次にはドドドドーッと、天井が落ちてきて、あとは真っ暗になったです」

その時、同じ部屋にほかに一、二名の教官がいたが、名前は覚えていない。その瞬間、気を失ったのかどうかもはっきりしない。ふと我に返ると真っ暗な中に閉じ込められていた。島原は闇の中で死を予感した。

「真っ暗になってちょっとの間、水を打ったように静かになるんですが、そのうちうめき声が聞こえはじめて、それに加えて『教官殿、助けてくれーッ！』って叫ぶんです。しかし、わしもやられていて、流れ出ている血が目に入るのがわかる。だから助けて！　言われても、どうすることもできんです。ポケットにあったハンカチで血止めをしながら瞬時に思ったのは、県庁が隣ですから県庁に爆弾が落ちたに違いない。その爆風で練習所もやられたってね。だとすれば一発で終わることはない——次が落ちるぞ、もうやられるぞ、もう死ぬぞって。そしてさらに思ったのは家族のことですよ。ここでわしが死んだらあとどうするのかって。田舎には母親と家内と数え年で三歳になる次男と、家内のお腹には七カ月の子供がおりましたから……」

どのくらいだろうか、時間がたつうち、後になってわかるのだが、廊下があった南側から、わずかな明るみが見えてきた。そのかすかな光に促されて島原は体を動かした。するとなんとか動く。助けを求める声はその時も聞こえたが、自分のことで精いっぱいだった。生存本能のおもむくまま明るみに向かって体を動かすうち、めちゃめちゃに壊れた建物から、どうにかはい出すことができた。

当時のことを淡々と、あるいは声を高ぶらせて語るうち、島原は「人の運命ちゅうのはね……」、そう言って突然声を詰まらせた。建物に押しつぶされたまま間もなく襲ってくる火炎地獄のもとで、絶命していった多くの同僚や練習生の記憶が、昨日のことのように脳裏に蘇《よみがえ》るからだ。

「建物の中におったほとんどの者が、落ちてきた木材で死んだり、生きておっても押さえつけられて身動きができんまま焼け死んでおるんです。それを思うとね……。わしの場合はなんとか脱出できた。奇跡と言いますか、これも運命ちゅうもんですが、あの地獄の中で、亡くなった方々を思うと、こうやって生き残っていることが申しわけないような気がしましてねぇ……」

「このまま死なせてください」と訴える少女

島原が脱出した場所は練習所の建物の正面あたりのようだった。建物は完全に倒壊し、外は太陽光線が遮られて薄暗く、方角も摑《つか》めない状態だった。

「外に出たんですが、何もかも倒れてしまって、残骸《ざんがい》やら何やらがいっぱいですよ。あたり一面散らばっておって、道路もわからない。わしのほうは血まみれで、それでもよろよろと動きはじめたわけです。いくらか歩くうち練習生で田頭《たがしら》というのがおって。やはり怪我をしておりましたけど。それがわしを見つけて、よほど重傷に見えたんでしょうよ、『島原教官、傷は浅いですぞ。しっかりしなさい』言うてくれましてね。それから二人で肩を組むようにして歩きはじめましたら、すぐに、当時は道端のところどころに防火用の水槽が置いてありましたけど、その水で、名前は忘れたが、もう一人の練習生が血まみれになった顔を洗っておりました。そしてさらに、よろよろと歩いとりましたら、これは中庭で指導しておった教官で、海田《かいた》という人ですが、外でもろに被爆しちゃって、それが奥のほうから走ってきて、通り過ぎに『海田じゃ海田じゃ、やられた、助けてくれ！』言いながら、とっと、とっとと先へ駆けて行き

太田川（本川）に架かる住吉橋付近／中区舟入本町

ましたよ。この人は翌日か二日後に亡くなったそうですけど」

それはまさに断末魔の形相だった。島原は田頭と二人声をかけ合い、逃げ場を求めて歩いた。島原が身に着けていたものは、ぼろぼろになった半袖シャツにズボン。足は靴下を履いただけだった。水主町を南へ少し下り、太田川《おおたがわ》に架かる住吉橋までの間でも建物の下敷きになり、助けを乞う被災者の声を聞いた。

「まだ本格的な火災にはなっておらんかった思います。住吉橋を渡って、舟入町《ふないりまち》から観音町《かんおんまち》のほうに逃げたんですが、途中には真っ黒に焦げた死体もある。動けなくなって『熱いよ、熱いよ!』ってね、叫んでるのもおる。なかには手の皮がべろっとむけちゃって、手袋がぶら下がったような人もおるし。それはもう言葉ではとても言いつくせない惨状なんです」

島原は避難の途中、助けを求める被災者の声を何度も聞いた。しかし、自分も負傷し、死の淵《ふち》に置かれた身であり、他人を助ける余裕はなかった。二人はお互い励ましながら、安全な場に向かって足を運んだ。天満川《てんまがわ》を渡り観音町に着くころには二人とも疲労困憊《ひろうこんぱい》していたため、やむなく農家の納屋を借りて横になり、体を休めた。が、そのまま居座るわけにはいかず、二人はさらに西へ向かって歩いた。福島川（現・太田川放水路）に架《か》かる西大橋を渡り、己斐《こい》の町にたどり着いたころは日暮れが近かった。そこで二人は軍の救護所を見つけ、手当てを受けた。

「田頭さんの怪我は比較的軽かったですが、わしのほうは細かいガラスが顔や体にいっぱい突き刺さっていて、もうあっちもこっちも血だらけですよ。しかし、そこでひるんではおれんで『わしは警察官じゃから救護活動しなければならん。早く手当してくれ』、そう言いましてね。そうして診てもらったら、右の耳が取れてしまうような状態で、三針か四針縫ってもらいました。しかし、ここでも気分が悪くなってしばらく寝ころんでおりました」

爆風で家屋の屋根や窓ガラスが吹き飛ぶなど被害は出たが、火災にまでは至らなかった己斐にはいくつもの救援隊が集まり、負傷した被災者をトラックなどで運んでいた。島原と田頭は救護所で休んでいたが、そこへ来たトラックで、佐伯郡《さえき》（現・広島市佐伯区）五日市町《いつかいちちょう》にある光禅寺へ送ってもらった。この寺は広島県警が重要書類などを疎開させていたところで、警察関係者の避難所にもなっていた。

「寺に着いた時はすっかり夜になっておりました。そしてこの時、驚いたことに練習所の生徒が十人ほど先に逃げておったです。軍の救護班もおって、ここでも手当してもらいましたがね。この時点では原爆なんちゅうものは、もちろん誰も知りません。ですから逃げ込んだ者同士が、もの凄い被害が出ておるのに爆弾が落ちた形跡がないので、殺人光線の爆弾じゃろうか――なんてね、そんなことを言いおったです。今になると笑い話のようですがね」

島原は、その夜は光禅寺に泊まった。耳の裂傷や体に刺さったガラス片の傷が横になってもうずいたが、教官としての責任から倒壊した練習所のことが気がかりだった。

翌七日も広島は朝からよく晴れていた。島原は職務に加え、生き長らえた人間としても、まず現場を見届けなければ、と思った。もちろん残留放射能の危険など知る由《よし》もなく、島原は寺にいた練習生に「元気な者はついて来い」とハッパをかけると、三人がそれに応じた。被爆の現場から一緒に逃げた田頭はそこにはなく、その後音信は跡絶《とだ》えたままとなった。

光禅寺山門／佐伯区五日市二丁目

「己斐までは前日と同じように救援隊の車で行きました。そこで市中を見渡したら、爆風でめちゃめちゃになった後の火災で、ほとんどが焼け野原なんです。焼けた残骸がまだあちこちでくすぶっておって、熱いもんですから簡単には入れないんです。この日も雲一つない快晴で、ふと空を見あげましたら、日の丸を付けたプロペラ機が一機、飛んでおって旋回してるんですね。それがなんとも哀れに見えたです」

島原らは、まだ熱気が残る焼け跡を足場を探しながら進んだ。男女の識別もつかない赤銅色《しゃくどう》の死体が行く先々に散乱し、ようやくたどり着いた太田川の川辺はふくれあがった死体で埋まっていた。

「己斐からどのくらいかかりましたか、前日逃げて渡った住吉橋まで来ましたら、橋の下の川辺に、どこから運んできたのか畳が何枚か敷いてあって、そこに練習所の教官が三人と、わしと同じ助教が一人おりました。よう助かった思うんですが、福中所長と松本という教官、もう一人、名前が思い出せないんだが……。福中さんは頭に何かを巻いておったですが、松本さんとほかの一人は怪我はあまりしておらんかったです。もう一人の助教は金本といって、わしの親父と同郷でしたが、右の腕を骨折して動けんようになっておったです」

島原は傷を負いながらも、そこにいた福中所長らと、お互い生きていたことを喜び合い、励まし合った。が、言葉でなぐさめ合うだけで、具体的な手立てはできなかった。島原は福中所長らの意も受けて、住吉橋から約五百メートル上手の練習所に足を向けた。光禅寺からついていた三人の練習生は、この時には一人になっていた。

「三人おったのがどういうわけか一人になってしまって、とにかくその一人を連れて行きました。そうしたら建物はすっかり焼けて、焼け跡には白骨がいっぱいありましたよ。なにしろここだけで百五、六十人が犠牲になったわけですからね。火勢が激しかったからでしょう、すっかり焼けて全部白骨でした。太陽は焼けるように照りつけておるし、惨憺《さんたん》たる状態で、それはもうね、白昼地獄ちゅうもんですよ」

ただ呆然《ぼうぜん》とするだけで手の施しようがない島原は、隣接する武徳殿脇の庭園に足を運んだ。水をたたえた池には、火災を逃れて飛び込んだいくつもの死体が浮いていた。

近くの防空壕も逃げ込んだ死者たちの墓場だった。島原らはその水場で一つの光景に出くわした。

「庭園の池は泉水《せんすい》、言うておりましたがね。その中にいっぱい死んでおって、そこを見ておりましたら、一人、十六、七の娘さんでしたけど、板切れに首から上だけ引っかけて、よく見ると、あっぷあっぷしてるんです。あれ、生きておる、ということで二人で手を引っぱって助けようとしたら、目を閉じたまま『痛い、痛い……』言うんです。そこで『助けてあげるから』言いましたら、その娘《こ》は『いやいや、おじさん、私このまま死なせてください』って。そこで身の上話のようなことを言うんです。何か両親がいなくて、生きておっても幸せじゃない。だから死なせてと——。そこで『駄目じゃ、そんなこと言うたらいかん』、そう、わしが言いましたら、今度は『おじさん、私は顔が醜くなっているでしょ、鼻がないようになってるでしょう』言うんですね。ですから『いやいや顔なんぞどうもなっておらんよ』って、またこっちが言いましたら、やはり女の子じゃあ思いましたが、なんも言わなくなって引き揚げてあげたんですがね……」

庭園の泉水も墓場だった／中区加古町

島原　稔……泉水の少女

水からは引き揚げたが、見渡す限りの焼け野原の中で、どうすることもできず、島原は「お医者さんを呼んできてあげるから、しっかりしなさい」、そう言ってその場を離れた。しばらくの時間、近くを一巡して再びその場に行くと、若い娘はじりじりと照りつける日射しのもとでさらに衰弱し、島原にか細い声で水を乞うた。

「医者を呼ぶなんていってもできるわけがないし、気休めでしかないですよ。かわいそうでしたけど仕方がない。後ろ髪を引かれる思いで住吉橋へ戻ったです。そこには福中所長らがおって、そのうちでも金本助教は自分では動けない状態でしたから、なんとかしなくちゃいかん。どうしようか思案に暮れておったら、ちょうど呉警察の救援隊が通りかかったので救助を頼んだんです」

金本は最初、担架で運ばれたが、途中から救助車に乗せられた。金本の実家は広島県下の賀茂《かも》郡川上村（現・東広島市八本松町）で、島原の父親も同じ村に住んでいた。最寄りの駅は山陽本線の八本松《はちほんまつ》だったが、山陰本線はこの時、広島駅から向洋《むかいなだ》駅までが不通だった。島原は同行の練習生と二人、金本を向洋の次の駅、海田市《かいたいち》でトラックから降ろし、列車に乗り換えた。

「広島は壊滅状態。列車も普通には動いておらず、やっと来た列車も人でいっぱいで乗るところなんかありゃあしない。しかし、なんとか送り届けなければいけないので、駅員に頼み込みましてね。やっとのことで一番後の車輛《しゃりょう》のデッキに乗せてもらったですよ。そうしてようやく八本松駅へ着いた時は、もう夕刻になっておりました」

金本を実家に送り届け、手伝ってくれた練習生とも別れるころには日はとっぷりと暮れていた。金本と同じ川上村に住んでいた父親は、この時すでに実母と離婚し、別の女性と再婚していたが、島原は時どき父親のもとを訪ねていた。そうしたことから、この日も金本宅からそれほど遠くない父親宅に立ち寄った。「広島にいよって、よう生きておったのう。よかったよかった……」、父親とそんな喜びの会話を交わし、七日の夜は川上村に泊まることにした。父親とその連れ合いの三人、久しぶりに夕食をともにしたが、島原が突然、高熱を催すのはその夜である。

「床に就いて夜中でした。急に四十度近い熱が出て、もう翌日はどうにも動きが取れんのです。食事も通らんようになりましてね。どうしようもない、父親の家で寝込んでしまうんです。それでもなんとか一週間ほどしたら熱が治まって、いつまでもこうしちゃあおれんので、八月十五日でした、十二キロくらいあるんですが、家内や子供がおる戸野村の家へ帰りました。車もなんもない田舎ですから歩くしかない。父親の家を出て、ちょうど八本松の駅のところで終戦の詔勅《しょうちょく》を聴いたです」

二カ月の闘病生活を経て、再び警察の仕事に

ラジオから伝わる天皇の声を、島原は病みあがりの体で呆然自失《ぼうぜんじしつ》のうちに聴いた。川上村と戸野村は山で隔てられている。谷間に延びる山道を力なく歩きながら、島原は行く末について思った。敗戦は日本国の消滅を意味する。警察官としての職は、家族の将来は——。息が詰まるような不安が、繰り返し繰り返し脳裏を過《よぎ》った。自宅にたどり着き、妻子や母親と生き長らえたことの喜びは交わせたが、不安は晴れなかった。家に戻った後は仕事も手につかず、空虚な時間ばかりが過ぎた。

「今は東広島市になっておる西条町《さいじょうちょう》に西条農学校というのがあって、広島が壊滅した後、そこに一時、広島県警の一部が移っておりましてね。家にこもってばかりもい

島原の父親が住んでいた東広島市八本松町

られないので、自宅に帰って二週間後ぐらいに出てみたんです。そしたら被爆した生き残りが、頭髪が抜けたり皮膚に斑点《はんてん》が出て、『みんな入院しておる。あんたも診てもらったほうがええぞ……』言うんですね。高熱も出ているので、国立療養所（現・国立療養所広島病院＝東広島市西条町）へ行って診てもらったんです。そしたらすぐに入院せい、ということで……。入院しましたら、どこの病室もいっぱいですよ。被爆者いうてもいろいろあって、重症の人は頭の毛が抜けて、男も女も坊主のようになる。歯ぐきから血が出るし、末期になるともの凄く苦しむんです。しかし、当時は治療方法がぜんぜんわからんかったらしいです。そうするうちにも次々と死者が出る。一つの病室で一人、二人とね。それが毎日ですから病棟全体では大変な数なんです。広島県警では亡くなる人があまりにも多くて、元気な者は遺体を火葬場へ運ぶのが仕事だったたって、言いますから……」

島原が入院したのは八月末。この病院はもともと結核患者のための療養所だったが、原爆投下後は被爆者が押し寄せ、被爆者専用の病院のようになっていた。島原は同じ部屋から毎日死者が運び出されるのをベッドから見て、体に悪寒《おかん》が走るのを感じた。が、幸い、島原は多くの被爆者に見られた白血球の異常も比較的軽く、脱毛や皮膚に

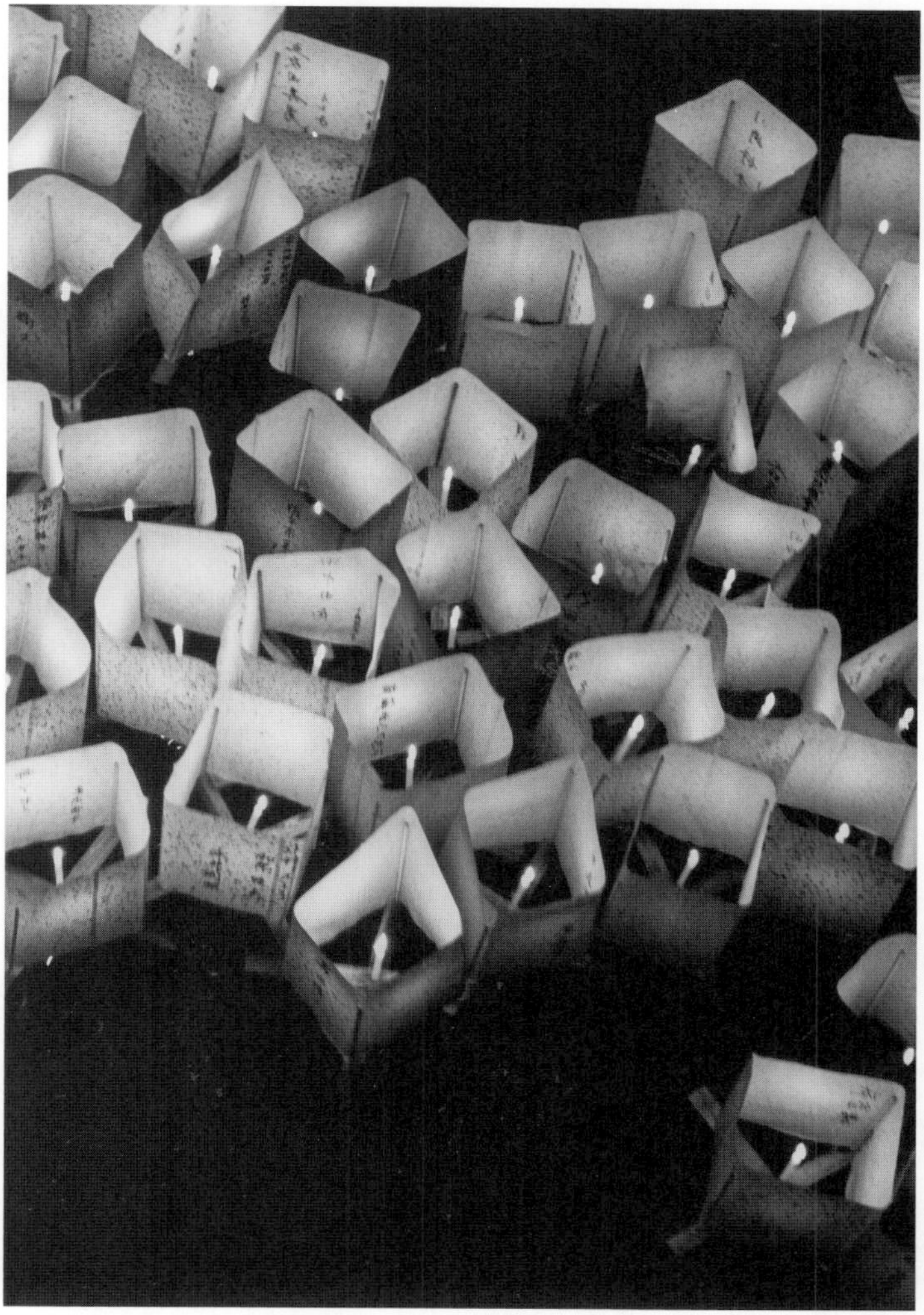

8月6日、原爆忌の夜／元安川

現れる斑点の症状も認められなかった。入院被爆者の死亡は伝わっていたが、島原は二カ月の病院生活の結果、発熱の兆候もなく無事退院することができた。

「家に戻って、あれは半月ほど後の十一月半ばでしたね。再び警察の仕事に就きました。その時からもう何年になりますか。毎年定期検診は欠かしませんが、おかげさんで病気らしい病気もせずに今日までね……。

ですから今考えても人間の運命はわかりません。同じ被爆地にいて、それもすぐ隣に居合わせてですよ、亡くなった人もあれば、わしのようにぴんぴんしている者もおる。後になってわかるんですが、なにしろ練習所におった教官、助教二十三名のうち、助かったのは六名ですよ。練習生のほうはきちんとした数字は未《いま》だにわかりませんが、八月六日の被爆した日、警察と消防合わせて三百名ぐらいいたと思うが、そのうち生き残ったのはせいぜい五十名ぐらいのはずですから……」

復帰後、警察学校（元・警察消防練習所）で後進の指導に当たった島原は、その後、県下の警察署長、県警本部機動警備隊長などを歴任し、六〇（昭和三十五）年の三井《みつい》三池《みいけ》争議や、六八（昭和四十三）年に長崎県佐世保港で起きた、米原子力空母エンタープライズの寄港阻止闘争の際にも、応援警備隊の指揮官として現地へ赴いた。

六九（昭和四十四）年十二月、島原はちょうど三十年勤めた広島県警を退職し、後に国鉄広島新幹線工事局の調査役として働いた。敗戦時、三歳に満たなかった次男と敗戦翌年に生まれた三男は、いずれも結婚して所帯を持ち、今は広島市内で妻のミチエと静かな余生を送っている。島原には不自由のない平穏な日々だが、若い日に体験したあの地獄のヒロシマは、半世紀が過ぎた今も心身に刻まれ、忘れることはない。

「それはね、忘れろ言われても忘れられるもんじゃないですよ。住吉橋で会うた福中所長と金本助教は助かりましたけどね。被爆してすぐに一緒に逃げた田頭さんは、生きているのか死んだのか、消息はわからんです。いやいや原爆ちゅうのは惨《むご》いもんです。特に忘れられませんのは、あの泉水で会《お》うた娘さんですよ。いっぱい死体が浮かんでおる水場で、どうしよりましたか。名前を聞く余裕もありませんでね。それはもう亡くなられたでしょうよ……」

島原はあの日の光景を想い起こして再び絶句した。

剣道を教える静かな日々

（二〇〇五年）

島原さんは、律義《りちぎ》な方で、一九八八（昭和六十三）年七月、面会してからは毎年年賀状をいただいていた。が、何年か前、喪中のはがきが届き、鬼籍に入られたことは知っていた。それでも取材メモに書き込まれた電話番号をプッシュすると、連絡が取れ、次男の英二さん（六十三歳）と面会することができた。

英二さんによると、島原さんは奥さんのミチエさん（八十八歳）と静かな晩年を過ごした。警察官時代から剣道の有段者だった島原さんは、町名を取った「仁保《にほ》剣友会」をつくり、子供たちに剣道を教え、心身の育成に情熱を燃やした。町内会の会長を務め、ミチエさんと会の旅行に参加したり、近くのカラオケ喫茶で演歌を〝熱唱〟するのも楽しみの一つだった。十七年前の初対面の時、島原さんの脇で話に頷《うなず》いていたミチエさんは、今は寝たきりの身にある。白昼地獄の惨状を語り、「それはね、忘れろ言われても忘れられるもんじゃないですよ――」、そう話していた島原さん。ミチエさんとの旅やカラオケに興じる時だけが、悪夢から逃れる暇《いとま》だったのかもしれない。

田岡英子……乳房の悲しみ

光もドンもない、目の前が真っ暗に

八時を少し過ぎていた。的場町《まとばちょう》で乗り換えた己斐《こい》行きの市電は、ちょうど通勤時で満員だった。電車は京橋川《きょうばしがわ》を渡り銀山町《かなやまちょう》、胡町《えびすちょう》と過ぎて、福屋百貨店前の八丁堀《はっちょうぼり》停留所に着いた。英子《ひでこ》は満一歳の良一を抱き、車内のほぼ中央に立っていた。若い女性が、「降りますから……」そう言って席を立った。英子は子供を席の窓際に立たせ、自分も席に座りかけた。その時だった。激しいショックのせいだろうが、英子は多くの被爆者が見、聞いている閃光《せんこう》も爆発音も記憶していない。ただ、シュシュシュ、シューッという奇妙な音と、目の前が真っ暗になったことを覚えている。

爆心地から八丁堀電停まではわずか七百五十メートルの至近距離である。車内からどのようにして脱出したのかわからない。気がつくと子供を抱きかかえ、路面にうつ伏せになって倒れていた。

田岡英子《たおかひでこ》は、一九二四（大正十三）年二月五日、広島市比治山本町《ひじやまほんまち》で生まれた。一男五女の末っ子で、父親の新一郎は建具《たてぐ》の職人だった。四〇（昭和十五）年春、市内の広島女子商業学校を卒業し、家にとどまって花嫁修業に勤《いそし》んだ。当時は女学校を出

生き残った柳の古木／南区比治山本町

ても職に就くことは少なく、英子のように親元にいて、嫁入りの習い事をする卒業生が多かった。

このころすでにヨーロッパでは第二次世界大戦が勃発《ぼっぱつ》し、日本も中国戦線の拡大とともに独伊と三国同盟を結ぶなど、日ごと孤立化を深めていた。

「そうするうち大東亜《だいとうあ》戦争が始まるし（昭和十六年十二月八日）、家におったら徴用《ちょうよう》に取られるというので、四二（昭和十七）年の終わりごろから翌年まで電話局に勤めるんですよ。伝票を整理する事務職で、主人と会《お》うたのもこのころです」

田岡家は、長男の延夫が日中戦争勃発時、中国中部へ送られ、後に戦病死。四人の姉のうち、長女の久代と三女の吉子は市外と県外へ嫁ぎ、他の二人のうち、次女のカナエは市内の流川町《ながれかわちょう》で、四女のタツエは同じ市内の的場町で所帯を持っていた。したがって戦時下の田岡家は父・新一郎、母・ワサの両親と英子の三人で暮らしていた。

英子は四四（昭和十九）年二月、呉工廠《くれこうしょう》に勤める良人と結婚した。働き盛りの男が次々に戦場に送られていた時で、あわただしい結婚だった。挙式から二カ月後、良人も召集令状を受け、宮島《みやじま》に近い大竹海兵団に入隊した。

「家に残ったのは私だけじゃから、結局、私が養子を迎えにゃいけんでね。結婚式いうても戦争しとる時じゃから、家に両方の親戚が何人か集まって簡単なもんですよ。この時、私のおなかには子供がおってね。じゃから、主人が出征してからの面会には大きなおなかで出かけましたよ」

英子は、結婚した年の七月十日、灯火管制《とうかかんせい》下の自宅で難産の末、男の子を産んだ。両親は「跡取りができてよかった……」、そう言って喜び、夫・良人の良と父・新一郎の一を一字ずつ取って「良一」と命名した。

一方、良一が生まれた七月には太平洋戦線のサイパン島が玉砕《ぎょくさい》し、続いてテニアン島、グアム島と米軍の手に落ちる。この地を強力な空軍基地にした米軍は、B29による日本本土爆撃を本格的に開始し、日本の主要都市は次々と焦土と化していった。こうした戦局を背景に、同じ年の十一月には内務省が広島、呉など六都市に建物強制疎開命令にもとづく「間引き疎開」を告示している。建物疎開《たてものそかい》は翌四五（昭和二十）年に入ると、さらに強化されるが、広島でも市内のいたるところで建物の取り壊しが行われ、その余波は英子が住む比治山本町にも及んだ。

「建物を壊さにゃいけんから、どこかへ行きなさい言われたのは、爆撃が落ちる一週間前。七月末じゃったですよ。立ち退きになった者はみんな田舎へ行っておったけど、私のところは田舎がないでしょう。だから仕方がない、すぐ隣の皆実町《みなみまち》二丁目に、先に疎開して空いておる家があったので、そこを借りて引っ越したんじゃがね。ところが移るとすぐに、そこも取り壊す、いうことになって、二回目、今度は同じ皆実町の三丁目に移ろうとした、その引っ越ししようとした日なんじゃね、原爆に遭《お》うたのは……」

この時代はまだ自動車は普及しておらず、引っ越し、移転にはもっぱら馬車か大八車が使われた。四五(昭和二十)年八月六日の朝、英子は引っ越しに使う馬車を頼むため市内の舟入町《ふないりまち》にあった馬車組合へ出かけた。午前七時過ぎ発令されていた警戒警報が三十分後には解除になり、家を出たのはその後だった。虫が知らせたのか出かける際、母親のワサが「子供は置いていきんさい……」と、しきりに言ったが、英子は家に置いたら片づけの邪魔になる——そう思って良一を抱いて出た。皆実町二丁目の電停までは近かった。そこから広島駅行きの電車に乗り、駅手前の的場町で降りた。

英子は、そこで間もなくやってきた己斐行き電車に乗り換えた。

「あのころは、女もズボンかモンペはいて、シャツに半袖服《はんそで》。履物は下駄じゃったか……。子供は私が作った簡単服、着せておった思うがね。ラッシュ時で車内は満員じゃったけど、停留所ごと乗り降りするうち奥のほうへ入って、八丁堀に着いた時、若い女の人が、子供を抱いていたからでしょう、席を譲ってくれたんじゃね。窓際に子供を立たせて私が座ろうとした、その時ですよ。シュシュシュシュシューッて、音がして、光もドンもない、とにかく。シュシュシュシューッていって、真っ暗になったですよ。どうやって電車から出たのか、あとは何もわからん、わからん。気がついたら子供を抱いたまま外に倒れてたんじゃね。気がついてからは、土埃《つちぼこり》のようなもので苦しゅうて苦しゅうて息ができんで、これはもう死ぬる、思いましたよ。それでも私はどこも焼かれもせんで、ガラスの破片が顔に刺さった程度ですんだんじゃね」

爆心地は電車の位置のほぼ西に当たる。英子が座ろうとした右側座席は電車の北側で、閃光《せんこう》が走った方向とは外れている。英子の生存は奇跡に近かったが、直接の閃光を免《まぬが》れたことが、まず幸いした。

ここで英子は「光もドンもない。どうやって電車から出たかもわからない」と言っている。爆心地からの距離が至近で、それだけ衝撃が強かったからだろうが、満員だった乗客の惨状はどんなだったろう。阿鼻叫喚《あびきょうかん》、そこで起こった地獄の様相は想像を絶するものだったろう。

「どれくらいの時間じゃったか。そのうち息ができんほどに凄《すご》かった土埃がだんだんなくなって、真っ暗なところに薄日が射してきたんじゃね。見ると、子供の顔が血だらけで額のところにガラスのかけらが刺さっておるんですよ。そこへどこの人じゃったか、若い奥さんが現れて『これはいけん……』いうてね、子供が着ておったものを引き裂いて、手当てしてくれたんですよ。そこで流川町の姉を思いついてね。流川は八丁堀のすぐ近くじゃから。まずそこへ行こう思って歩きはじめたら、大勢の人たちが『こっちは火事じゃから駄目じゃあ、駄目じゃあ……』、そういうて逃げてくるん。それがもう泣いたり叫んだり。上半身が焼けちゃって半分裸のような人もおる。そんな人たちがどんどん反対のほうに行くので――とにかくこういうときは人が動く方向に足が向くんじゃね。途中、裸のような格好で死んどる兵隊さんをたくさん見ましたよ」

電停前の路面／中区八丁堀

英子は良一を抱きかかえ、逃げる人たちの後について歩いた。履いていた下駄は被爆時に失い裸足《はだし》だった。当時の地図によると、英子は八丁堀電停を離れて後、西練兵場と歩兵第十一連隊が駐屯《ちゅうとん》する広場を北に向けて逃げている。途中、目撃した死体は駐屯していた兵士であろう。英子はどこへ行くともなく、人が動くままに歩いた。歩くうち広い庭園のある草むらのようなところに着いた。そこは後に縮景園《しゅっけいえん》となる泉邸だった。ここでも英子は、軍人、市民にかかわらず、閃光に焼かれ、爆風で傷ついた被災者の惨状を見た。

「兵隊さんとか一般の人たちがいっぱいおって、庭の植木とか芝生のようなところがぽつぽつと燃えておりましたよ。なにしろ裸足じゃから、庭石があったのでそこへ座り込んで……。見ると兵隊さんが死んだようになっとるんですね。どうやって逃げてきたのか、片目が開いたまま、もう一つのほうはピンポン玉のように飛び出てるんですよ。もうその時はお化けのような人をいっぱい見ておるから気持ちが麻痺《まひ》してしまって、一つ目小僧みたいな、そんな人を見ても怖くもなんともないんじゃね。どうしていいかわからんで、その場所にどのくらいじゃったか、かなり長い時間おりました」

泉邸に避難した英子は「文理大（現・広島大学）から逃げてきた」という学生とぶつかり、「皆実町もどこも市内は全滅じゃから……」と、そんな話を聞いた。両親のことがしきりと気になったが、どうすることもできない。はっきりとした目標もなかったが、このままいても、という判断が働いたからだろう、英子はその場を離れることにした。傍《かたわ》らには瀕死《ひんし》の重傷を負った兵士が横たわっている。英子は抱いていた良一をおんぶするため、兵士のゲートルを解き、二本を結んで紐《ひも》にした。泉邸の東側には京橋川が流れている。素足だった英子は兵士の足から軍靴《ぐんか》を外し、それを履くと良一を背負って川辺に出た。

「川幅が六、七十メートルはありますか。京橋川は手前のほうが深くて、反対側は浅くなっておるんです。体を焼かれた人たちが飛び込んだりして何人も流れておりましたよ。見るとコンクリートの階段があって避難する人たちが何人も集まっておる。そこから兵隊さんがボートで向こう岸へ渡しておるんじゃね。怪我もあまりしてないし、子供がいたからでしょうよ、下りていったら運よく乗せてもらえてね。もう一人お年寄りが乗ってきて漕ぎ出したら、後に続く人たちが我も我もと飛び込んで、何人もがあっぷあっぷしながら群がるんですよ。小さいボートじゃから沈みそうになる——。そうすると兵隊さんが『駄目じゃあ、駄目じゃあ……』いってボートにしがみつこうとする人たちをオールで叩《たた》いて払い除《の》けるんですよ。そんなにして渡してもらいましたがね」

人の生と死——ここにも極限状態に置かれた人の振る舞いとありようが見える。京橋川を渡った英子は少しでも安全な場へと、北の方向に向かって歩いた。間もなく山陽本線の線路近くの常盤橋に出たが、そこでは貨物列車が脱線し、横倒しになっているのが見えた。二葉山を右に見ながら、さらに行くと饒津《にぎつ》神社に出た。ここにも大勢の被災者が逃げ込み、国防婦人会の人たちが怪我人の手当てや世話に当たっていた。日没になり、英子はその夜を良一とともに神社の境内で過ごした。

「市内は全滅じゃあ、言われていたので、夜になるといっそう、両親、親戚《しんせき》のことが気がかりでねぇ。集まった人たちはもうぐったりして、生気をなくしてしまっておる人、毛布のようなものをかぶった人もおる。いろいろでしたけど、相当の人数がおったですよ。

国防婦人会の人たちがおにぎりをくだすったんじゃが、私はぜんぜん食べれんのです。朝からなんも食べておらんし、逃げてる途中でも子供がお乳を吸いよるので、おなかは空いとるのに食欲がぜんぜんないんじゃゃね。隣におられた女の方は『おいしい、おいしい……』いうて、食べちょりましたよ。ところがその人は朝、夜が明けてみたら死んじょるんですね。背中を焼かれておって親のこと、兄弟のこと、いろいろ話しちょりましたけどねぇ」

放射能による後遺症が母子を襲う

翌朝もおにぎりが配られたが、英子はやはり食べられなかった。神社の周辺では夜の空が白みかける四時ごろからざわめきはじめ、死亡者や重傷者はそのままだったが、自力で動ける人たちは家に向かうか、知人を頼って三々五々、そこを離れ始めた。英子も家族が気がかりでならず、皆実町に向け、発《た》つことにした。

どこをどう歩いたのかわからないが、破壊され焼け落ちた街を足場を拾うようにして歩いた。良一を背負い、京橋川《きょうばしがわ》に沿うように、南に向けて歩いたはずだが、英子は、被爆者の死体が無数に浮かんだとされる川の惨状には気づかなかった。前日から何も食べられず疲労困憊《ひろうこんぱい》していた英子は七日の午後、ようやく皆実町にたどり着いた。爆風で破壊された後の火災で、広島の街はそのほとんどが焼け、東部の皆実町にも火は及んだ。しかし、隣接する比治山本町と皆実町一丁目の一部は焼けたが、同じ二丁目に田岡家が借りた木造家屋は、爆風で半壊してしまったものの、延焼は免《まぬが》れた。ただ気がかりだった両親の姿はそこにはなく、英子は皆実町三丁目の広島高等学校が救護所と聞き、まっ先に足を運んだ。

「校内はあちこちから逃げ込んだ人たちでいっぱいじゃったですよ。座ったままじっとしている人もおれば、横になっている人……。うめき声や『水をくれ、水を……』ってね。そうすると『あげちゃあいけん、水をやったら死ぬる……』いうんですよ。そんな中を『田岡新一郎いませんか、田岡新一郎いませんか……』大きな声で叫んで捜して歩きよったですよ。

捜しに捜しましたけど、結局ここでは見つからんで、その後、長く住んでおった比治山本町のほうへ行きました。比治山には親戚もおったですから。そして近所の山本のおばさんに会うたのは、もう夕方に近かったね。おばさんが言うには『あんたたちは舟入へ行ったので駄目じゃろう、言っておった。お父さんお母さんは比治山の防空《ぼうくう》

饒津神社境内／東区二葉の里

壕《ごう》におるから早う元気な顔、見せてあげんさい』って……。そう言われて、防空壕へ行って、両親に会うたとたん『あんたらあ、元気でおったか……』いうて、あとは声が出んかったですよ。なにしろ原爆に遭うた場所からいって、生きておったのは奇跡のようなもんじゃから……」

一方、両親がいた皆実町二丁目は、爆心地から約二・五キロの距離。家屋は半壊の状態だったが、二人は傷らしい傷も負わず、避難所に指定されていた比治山へ逃げた。皆実町二丁目の家屋はもはや住める場ではなく、英子と良一と両親の四人は、避難した比治山の防空壕でほかの被爆者とともに急場をしのぐことにした。被爆の後、食欲がなかった英子は両親と再会してから、いくぶん持ち直し、炊き出しのおにぎりを十分ではないが食べることができた。しかし、体に生じていただるさがしだいに広がり、気分が晴れなかった。そうしたなか、市内の的場町に住み無事でいた四女のタツエが防空壕の英子らを捜し当て、互いに無事を喜び合ったのは、被爆から数日後。英子ら四人はタツエの勧めで、彼女の夫の郷里、県下の三次《みよし》へ疎開することにした。

「防空壕には何日おったかねぇ。姉に勧められて三次へ出てからは、私の主人も海

比治山／南区比治山本町＊

兵団から帰っちょりましたよ。けど、田舎じゃから周囲の人たちが何やかやとうるさくて……。それに私は食べ物もよう通らんし、体が大儀で大儀で仕方ないんじゃね。そじゃから横になったりすると、周りが『英子は横着じゃ、仮病、使っておる』言うんですよ。かばってくれたのは母だけじゃったね。親戚いうても物がない時じゃから、すぐに居づらくなって、何日もせずに皆実町に戻るんですよ。原爆の日に引っ越そうとしていた三丁目の家へね。私の主人と義理の兄が、爆風で吹き飛ばされた窓とか羽目をトントンたたいて修理し、私と姉の二家族で住むんです。ですが、体のほうが駄目になって、皆実町に戻ってからは体力も気力もなくなって、子供を抱くこともできんような状態でした」

すでに広島では、負傷者に限らず無傷の被爆者までが高熱を発し、体に斑点《はんてん》が出るなどして次々に死んでいた。しかし、政府は当初、広島に投下された爆弾を「新型爆弾」としか発表しなかったので、外傷もなく死んでいく原因が放射能によるものということは、一般の国民は誰しも知る由《よし》もなかった。

英子の頭髪が抜け出したのは八月二十日、敗戦の日の五日後。放射能に冒された英子の乳首を無心に吸っていた良一が急に生気をなくし、うぶ毛のような頭髪が抜け始めたのは、それより前である。

「姉家族、両親と私たち親子が一つの家で過ごすようになった二十日の朝ですよ。体力がないので、這《は》うようにして顔を洗いに洗面所に行ったでしょう、そして、さっぱりしたいと思って髪を解いて櫛《くし》を入れたら、ごそっと、それはもう背筋が寒くなるくらい抜けたんです。良一も変じゃったし、あれって思って『お母さん、髪が抜けるんじゃがどうしてかねぇ……』言うたら、『病気のせいじゃあ、そのうち治るよう』、母がそう言うんですよ。それからは高い熱が出て、もう自分がわからんような熱なんです。そんなじゃから、主人がお医者さん呼ばんといけんいうて……」

英子の病状と重なるように、良一の容体も日ごと悪化していた。英子は高熱にうなされ、うわ言を言うような状態だったので、家族は英子の病状に格別気を配っていた。しかし、実際は良一の容体のほうが急変しており、危険な状況にあったのだ。夫の良人が知り合いの医師をようやく呼ぶことができたのは八月二十八日。が、その時すでに遅く、良一は医師が往診したその日、診察を受ける間もなく息を引き取った。良一のすぐ脇に臥していた英子は意識が朦朧《もうろう》とするなか、姉のタツエが告げた我が子の死を、夢の中のできごとのように聞いた。

「あっちでもこっちでも死ぬる人が出ておるときじゃから、お医者さんに来てもらういうても、大変なんですよ。そこを無理して頼んだわけじゃから、もう駄目じゃいうくらい悪かったんでしょうよ。ずっと後になってじゃがね、一緒に住んでおったタツエ姉さんが言うのに、私が意識がわからんようになった時、うわ言のように一生懸命言いおったそうですよ。『こっちへ来てごらん。綺麗《きれい》な花がいっぱい咲いておるよ、良一。来てごらん……』、そう言うてね。

夕方じゃったか、息を引き取ったあの子が家から運び出されていくのを、うっすらと覚えておるんですよ。かわいそうに——。私は三途《さんず》の川を渡れなんだが、良一はまだ一つのお誕生日をちょっと過ぎたばかりじゃったからねぇ……」

広島が死の街と化した後の数カ月、市内を流れる元安川《もとやすがわ》をはじめ、本川《ほんかわ》（旧太田川）などの川沿いや空地には、犠牲者を茶毘《だび》に付す、にわか〝火葬場〟ができ、その煙があちこちで見られた。良一の幼い亡骸《なきがら》は、良人と姉夫婦が宇品《うじな》の広島女専（現・県立広島女子大学）に近い空地に運び、そこで焼かれた。病床にいた英子はもちろん立ち

茶毘に付す煙があちこちからあがった／中区住吉町

合うことはできなかった。

「後になって聞きましたがね、石油のようなものもない、燃やす薪《まき》すらろくにないところへ、亡くなられた人たちが次々と運び込まれてくる。そじゃからなかなか焼けんのだそうですよ。今じゃったら考えられもせんことですが、なにしろお弔いもしてあげられんのじゃから、かわいそうなもんです。けどね、広島の原爆では行方もわからず骨も拾えん人がいっぱいおるんじゃし、それを考えたらまだいいって……」

ヒロシマ、ナガサキの原爆は良一のような幼子を巻き込み、そこにいたすべての生命を無差別に殺傷した。自らを諭《さと》すように話す英子の言葉は殺戮《さつりく》兵器への、戦争を推し進めた指導者への静かな怒りにほかならない。

良一が逝ってからも被爆者の訃報は遠近《おちこち》から伝わった。しかし、往診してくれていた医師は重病の英子に「大丈夫じゃ、大丈夫、きっとようなる……」、そう言って励ましてくれた。英子の容体は頭髪が抜け体に斑点も現れたが、良一が亡くなるのを峠にいくぶん回復の兆しが見えてきた。月が変わった九月の中旬には食事も多少通るようになり、体にも少しずつ力がついてきた。しかし、この時点では負傷もしていない被爆者が次々と死んでいく原因が何なのか、一般の医師にはわかっておらず、したがって治療は手さぐりの状態だった。

「先生が初めてみえた時、良一も私も危篤《きとく》のような状態じゃったから、先生は私のほうを先に診て良一のほうはよう診られなんだね。私が診てもらっているうちに良一は息を引き取ったそうじゃから……。そんなして良一は亡くなりましたけど、のちになってからも近くの人たちは私のことを『田岡では髪も抜けたげな、斑点もできたげな。そうなったら必ず死ぬるんじゃげな。今度は田岡の番じゃ……』、そんなに言われたそうですよ。それが、こうして生き長らえて……。そいじゃから、いつも思うですよ『私は良一の代わりに生かしてもらったようなもん』て……」

一時は死の淵《ふち》に立たされた英子だったが、十月後半には目に見えて回復し、十一月には床を離れて食事ができるようになった。

乳房に残る感触

死の街と化した広島では敗戦後すぐに、行政機関を中心に復興対策にとりかかり、英子が病床から離れられるようになる十一月には、市議会に復興委員会が発足している。このころには瓦礫《がれき》の地にバラックが建ち、広島駅や横川《よこがわ》駅周辺には闇市《やみいち》ができて人の往来も日ごと増えていた。そうしたなかの巷間《こうかん》では戦時中と同じ、防空頭巾をつけた人の姿をよく見かけた。脱毛した頭を隠すためで、英子も外出する際は必ずそれにならった。

「人が次々に死ぬることを聞き、『今度は田岡の番じゃ……』言われておった時には、私もいつ死ぬるかわからんて、あきらめておったから、恐ろしくもないし頭のことも気にもせんかったです。けど元気になって外に出られるようになると、やっぱり女が丸坊主ちゅうのは残酷ですよ。そのうち主人が『近所の奥さんがカミソリで剃《そ》ってあげんさい、綺麗《きれい》な毛が生えるけぇ……』、そう言うちゃった、言うて生えておるうぶ毛のようなものを、一生懸命剃ってくれよるんですよ。私も少しでも早う生やしたいし……。それでも髪の毛がようやく生えるまで二年ぐらいかかったけぇ、それまでは

田岡の家族が住んでいた南区皆実町

外へ出よるときはいつも防空頭巾でしたよ」

広島では原爆投下一周年の四六（昭和二十一）年八月六日、「広島平和復興祭」が行われた。会場になった広島護国神社跡（現・広島市民球場付近）には四千人余の市民が集まり、犠牲者の冥福《めいふく》を祈ったあと、参加者一人一人が新たな広島市の復興を誓い合った。

田岡家では戦前、クリーニング職の経験を持つ夫の良人が皆実町で開業し、同居していた姉夫婦も、もと住んでいた的場町に戻って新たな生活が始まった。

「とにかく働かんと生きられんから、住みついた皆実町で商売を始めたです。ほかに競争相手がないし、仕事がいっぱいあって忙しかったですよ。そのうち原爆で身寄りをなくした孤児を預かったりしてね。似島《にしま》（江田島に隣接した広島湾に浮かぶ島）に施設があって、そこの先生が学校を終えた子供を職人に仕込んでくれって、頼まれるんです。疎開で親元を離れておって、家族も親戚も、何もかも亡くし、天涯孤独の子供がいっぱいおりましたから……」

田岡家と親戚関係の被爆死亡者は良一のほか、市内流川町で食料品店を営んでいた二番目のカナエ夫婦と末っ子の三人。カナエ夫婦には四人の子供がいたが、長男は特攻隊に入隊し戦死。長女と次男は原爆投下時、市内から離れていて助かった。

「流川は爆心地と目と鼻の先、市の真ん中でしょうがね。爆風で全部壊されてすぐに焦熱地獄になるんじゃから、もちろん駄目ですよ。姉だけは遺骨らしいものが見つかったいいましたけど、末っ子の女の子はわからなんだって……。義理の兄は仕入れに出ていた時間で、どこにおったのか、行方不明のままなんじゃね」

最愛の良一を亡くす悲しみは強《し》いられたが、爆心地の至近で被爆し重い原爆症に冒されながらも健康を取り戻せた英子は、まだ幸運だった。英子は原爆症の再発もなく、良人のクリーニング業を手伝って、平穏な生活を送ることができた。そして、四七(昭和二十二)年九月には長女・月美が、五五(昭和三十)年九月には次女・直美が生まれた。被爆の影響を心配しながらの出産だったが、放射能による障害もまったくなく二人は立派に成人した。父親の新一郎は八十四歳で、母親のワサは八十三歳で他界したが、娘たちはすでに結婚して今は二人の孫もある。戦後すぐに始めたクリーニング業も三十年働いて店を閉め、今は皆実町から安佐南区《あさみなみ》の住宅街に居を移し、夫婦二人だけの静かな日々である。

「豊かになって、今はなんでもある時代じゃから、後に生まれた子供はいいんですよ。それだけ幼くして亡くなった良一が不憫《ふびん》でねぇ。今、元気でおったらどうしておるじゃろう、思ったら。一日として忘れたことはないですよ。それもついこの間のような気がするんです。原爆に遭うて『こっちは火事で駄目じゃあ……』、そう言われて無我夢中で逃げる時、あの子はじーっと私を見ておったですよ。頭や顔が血だらけになっておるのに、泣きもせんでねぇ。途中、お乳が痛いほど張って、それをあの子は一生懸命吸うんじゃね。そのぐいぐいと吸う感触が、昨日のことのように残っちょりますよ……」

歳月がいくら過ぎても……

（二〇〇五年）

十五年前と同じ道をたどり、安佐南区東原《ひがしはら》の田岡さん宅を訪ねた。ここもところどころにあった空き地が住宅で埋まり、町の様相がすっかり変わっていた。

近距離被爆者の田岡さんは今年八十一歳。今も婦人会での活動や、旅行グループのメンバーにも加わって、忙しい日々を過ごしている。何回も電話してようやく再会することができた。長男の良一さんを亡くして後、生まれた二人の娘さんも結婚して家を離れ、夫の良人さんは一九九九（平成十一）年十二月、七十七歳で亡くなった。今は安穏な一人暮らしである。

田岡さんが乳飲み子の良一さんと二人、市電の中で被爆したのは、爆心地からわずか七百五十メートル。その場に乗り合わせた人たちのほとんどが亡くなるなか、奇跡的に生き長らえた。「人の運、不運は紙一重――」、そう言う田岡さんは八〇（昭和五十五）年、胆石の手術をした以外、持病もなくすこぶる元気。訪れた日は、「娘と六日間の、ニューカレドニアの旅から帰ったばかりですよ」。

被爆後、高熱を発し頭髪も抜けて一時は死を予期したが回復し、その後は病気らしい病気もせず今日に及んでいる。ただ、至近距離で被爆したことから毎年ＡＢＣＣ（原爆傷害調査委員会）に呼ばれ、ＡＢＣＣが放射線影響研究所になってからの現在も、二年ごとの検査が続いている。

原爆投下の惨禍《さんか》を体験し地獄を目撃した被爆者が異口同音に語るように、田岡さんも、「あの酷《ひど》さ、あんなことは二度とあってはなりませんよ」。

原爆が投下された後の八月二十九日、一年一カ月余りの短い命を閉じた良一ちゃんの命日には、毎年お坊さんを呼んで夫の良人さんに合わせ、供養のお経があげられる。

小松清興……一人だけの日々

ピカッとピンクがかった閃光が襲う

両親を早く亡くし、祖父母の手で育てられた。原爆が投下された時、国民学校四年生。前年、学校では集団疎開《そかい》が実施されたが、小松少年は広島に残り、祖父母のもとで過ごしていた。その日は朝早く起きると、神経痛の祖母に付き添い、行きつけの病院へ出かけた。病院に着き、ほかの何人かの患者とともに診察を待った。が、小松はすぐに飽きて、祖母に対ししきりとだだをこねた。根負けした祖母が帰宅を促すと、小松は彼は一人病院を出て自宅へ戻った。祖父はこの時、家にいた。薄暗い部屋に閃光《せんこう》が走ったのは、朝ご飯をすませてすぐだった。

広島市の映像文化ライブラリーに勤める小松清興《こまつせいこう》は一九三六（昭和十一）年三月二十七日、広島市己斐町《こいまち》（現・西区己斐本町）に生まれた。出生時の家族は両親と祖父母。国鉄山陽本線己斐駅（現・JR西広島駅）前の商店街で小間物商を営み、住宅は駅のすぐ裏側にあった。父親の新興は小松が一歳の誕生日を迎えてすぐに亡くなり、母親の玉代も新興の後を追うように、病気がもとで急逝した。だから一人っ子の小松は、祖父の清治と祖母キンを実の親と疑わずに育った。

西広島駅前／西区己斐本町

「母親の病気はわからんですが、父は盲腸じゃったそうですよ。そのころは治療もめちゃくちゃで、冷やさなければいかんものを、一生懸命、温めたっていうんじゃから……。両親を早う亡くして、じいちゃん、ばあちゃん、不憫《ふびん》に思ったんでしょう。わしは特におじいちゃん子で、いつも纏《まと》わりついていたのを覚えておる」

小松が地元の広島市立己斐小学校に入学したのは、四二（昭和十七）年四月。小学校はすでに国民学校と改称し、太平洋戦争の戦局緊迫とともに国全体が軍事色一色に塗られていた。

「店では財布とか化粧品とか、指輪のような物まで売っておったですよ。学校へあがって、いつごろじゃったか、学校から戻ると必ずおじいちゃん、おばあちゃんが店におって……。もっとも、このころは祖父母を両親とばかり思っとりましたけど……。そのうち物がだんだんなくなってきて、よう覚えとるのは食糧不足ですよ。大豆とかコーリャンの入ったご飯をね。それならまだいいほうで、小麦の糠《ぬか》だんごとか、ドングリまで食べさせられましたから……」

戦局は日を追って悪化し、四四（昭和十九）年六月には、文部省は大都市の国民学校に対し、三年生から六年生までの集団疎開を通達した。米軍の空襲を避けるため親元を離れ、地方に分散して生活する緊急措置で、広島では四五（昭和二十）年四月以降、市内の大手町《おおてまち》国民学校の九十一人を第一陣に、同年七月までに約八千五百人の学校ごとの集団疎開が実施され、郡部の町村へ送られた。そのほか、親戚知人宅など縁故《えんこ》先へ疎開した学童は一万五千人を数えている。小松が通っていた己斐国民学校も例外ではなく、該当する学童が県下の世羅《せら》郡へ疎開した。

「わしたちは四年生じゃったから、クラスのほとんどが疎開に加わって、広島を離れておった。ところが、わしんところは、おじいちゃん、おばあちゃんが疎開なんてかわいそう言うて、手元から離さなかったんじゃね。疎開していれば原爆には遭わなかったのに、祖父母の愛情が裏目に出たわけね」

八月六日、九歳だった小松は朝六時ごろ起きた。このころは夜になると決まって敵機襲来を告げるサイレンが鳴り、市民の多くが寝不足ぎみだった。小松は六日朝、無性に眠かったのを覚えている。洗顔して眠気を覚ますと祖母のキンに促されて、広島電鉄宮島《みやじま》線の草津《くさつ》駅近くにあった力田病院に出かけた。足に神経痛のあるキンに、手を貸すためだった。草津駅は己斐駅から四つ目。病院には四、五人の患者が待ってい た。時間がたつうち、朝食を食べずにいた小松は空腹と退屈さからキンにしきりと帰宅を訴えた。キンは業を煮やし仕方なく折れると、小松は一人、病院を出た。爆心地から己斐までは約二・五キロ。家には八時ちょっと前に着いた。

「おなかを空かして家に戻って、おいしくないコーリャン飯を文句を言いながら食べおった。ぶつくさ言いながら食べおるもんじゃから、二階におったおじいちゃんが下りて来て、おそらく叱《しか》ろうとしたんじゃろうが、何も言わずにわしのすぐ近くに座っておったですよ。そなんして食事を終えて、すぐじゃった思いますよ。ピカッと来て、記憶しとるのはややピンクがかった……。あっと思ううちドカンときて畳に叩《たた》きつけられたわけね」

閃光と爆風を受けて、小松は一瞬意識を失った。気がつくと、爆心地の方角に当たる東側の窓と西側の窓のガラスがめちゃめちゃに壊れ、タンスや水屋が散乱して、足

防空壕跡／西区己斐中

の踏み場もない状態だった。仮に二階の明るい部屋にいたら、負傷はもっと大きかっただろう。小松は両腕に火傷《やけど》を負い、左足の膝小僧《ひざ》にはガラスの破片が突き刺さっていた。同じ部屋にいた祖父は頭に何かが当たり、裂傷を受けた。

「天井も半分ぐらい落ちちゃって、何が起きたのかまるでわからんの。わしもやられておったが、おじいちゃんを見たら頭から血が流れておる。そこで何か手当てをした思うんじゃが、とにかく逃げよう、ということで、おじいちゃんにくっついて、西の山の手にあった防空壕へ一生懸命、逃げたんじゃね」

小松家から防空壕までは約五百メートル。小高い山の側面をくりぬき、何本かの防空壕が並んでいた。二人がそこへ着いたのは原爆投下から一時間とたっていなかったはずだが、すでに相当数の被災者が逃げ込んでいた。顔面が血だらけの男。顔も体も焼けただれた女。死んだような幼子をしっかり抱きかかえた母親——小松は死の淵《ふち》に追い込まれながらも、必死で生きようとしている被災者の姿を目の当《ま》たりにした。

「やられた人たちはみな、郡部へ郡部へと逃げましたからね。わしたちが避難した防空壕へも、負傷者が後から後から集まってくる。けど、どうもできん。死ぬか生きるかの時じゃから、みな殺気立っておるんですよ。今でもはっきり覚えてるんじゃが、まだ若い女の人ですよ。それを見た時、わしゃ子供心に幽霊が現れたあ、思いましたね。それはひどいもので、頭の毛は縮れちゃって、着ているものはぼろぼろというより、ほとんど付いてないんです。顔から胸、腕にいたるまで火脹《ひぶく》れになって、ひどいところは皮膚が垂れさがっておるん。顔は目や口が塞《ふさ》がるくらいふくれて、皮膚がむけたところは赤い肉が見えとるんですよ。もう声をあげる力もない。それだけひどい負傷なのに、医者はおろか薬ひとつないんじゃから……。

その娘さんには母親じゃったのか、少し年齢《とし》のいった女の人が付いておって……。ワラをも摑《つか》む言いますけど、人間ちゅうのは生きるか死ぬかの段になると、なんでもしおる。薬のつもりじゃろうが、その女《ひと》どうしたかいうたら、どこからか小さな洗面器のようなものを見つけてきて、その中に小便されたですよ。そのおしっこをぼろ切れに浸して、娘さんの傷口に一生懸命付けておるん」

前にも触れたが原爆が投下された日、爆心地から北西にかけての広島市の一部と安《あ》佐《さ》郡と佐伯《さえき》郡にかけての楕円形の区域に、黒い雨が一時間以上にわたって降った。小松もその雨を、避難していた防空壕で目撃している。

「それは夕立のような土砂降りの雨ですよ。何時ごろじゃったか、とにかく凄《すご》い雨。不思議じゃったのは真夏の暑い時なのに寒いん。それもがたがた震えるような寒さなんじゃから……」

防空壕では手当て一つ受けられず、ただ身を寄せるだけだった。軽い火傷と切り傷ですんだ小松と祖父の清治は、雨があがった後、駅裏の自宅へ戻ることにした。帰ると、二階建ての家屋は二階の部分が相当壊れていたが、家の形はとどめていた。

「殺気立った防空壕にいつまでいてもしようがない――おじいちゃん、そう思ったんでしょうよ。二人で家に帰ったら、なんと足の踏み場もないような部屋に、おばあちゃんが放心状態で座っておった。びっくりして聞けば、もちろん電車なんかありゃせん、病院から二キロの道を雨に打たれて帰ってきた、言うんですね。そのおばあちゃんも翌四六（昭和二十一）年七月、亡くなっておるんです。雨に当たったりしておるから、原因は当然、放射能思いますよ」

一人、大阪の叔父のもとへ

四六（昭和二十一）年といえば、広島に限らず全国の都市が戦災の窮乏にあえいでいた。小松家も生活の糧《かて》だった小間物商が被爆で潰《つぶ》れ、その日の食糧にもこと欠く生活だった。そんな時に病名すら不確かなまま急死した祖母キンは、まだ十歳だった小松の目にも悲しく哀れに映った。

「そりゃあもうね、あっちでもこっちでも死んどる時じゃから葬式どころじゃない。それより焼くところがなくて、学校の運動場に燃えるものを組んで、そこで焼いたりしとりました。おばあちゃんは山手川（現・太田川放水路）に架かる旭橋《あさひばし》のたもとで焼いたですよ。兵役から復員した叔父さんに手伝ってもらってね」

祖母キンが亡くなってからも、苦しい生活は続いた。育ち盛りの小松にはなんといっても空腹が辛かった。ヒロシマには七十五年は草も生えまいと言われたが、己斐の近辺には春になると雑草が芽を吹き、緑の葉を付けた。

「米なんかめったに口にできんです。豆粕《まめかす》やらサツマイモの中に、近くで摘んできた鉄道草（ヒメムカシヨモギ）なんかを入れて、雑炊《ぞうすい》のように煮込んで食べるんよ。魚も肉ももちろんありゃせんし、蛋白質《たんぱくしつ》補うために、イナゴとかバッタを捕まえてはフライパンで炒って、これもよう食べましたわ」

爆風で壊れた家は十分な修理もできず、応急処置を施したにすぎなかった。だから雨天には雨漏りがひどく、家の中で傘を立てて過ごした。そんな窮乏生活のなか、小松は四八（昭和二十三）年春、通っていた己斐小学校（四七年三月三十一日学校教育法公布。国民学校が小学校に改称され、四月一日から六・三・三学制が発足）を卒業すると、大阪・住吉区の親戚を頼って単身上阪する。生活の苦しさに加え、八十歳に達し病弱だった祖父のもとでは生きられない、と子供心に思ったからだ。

「家を離れるときおじいちゃん、『しっかりやんなさい……』とでも言ったのかもね。よう覚えておらんが、それは寂しかったろう思いますよ。わしのほうもまだ十二歳で幼いですよ。生まれ育ったところを離れるわけじゃから、それも一人でね。そりゃあ

天王寺方面行きは
この橋を渡り、向い側でお乗り下さい
遠距離のキップは右側の ⟶ の窓口でお買求め下さい
道路はみんなのもの
自転車
ミニバイク
の放置はやめ

阪和線・南田辺駅／大阪市東住吉区

悲しかったはずです。でも、そうせざるをえなかった。いよいよ困って、その日の食にもありつけん、そうしないと生きていけんのじゃから……。広島を発《た》って大阪まで。阪和線の南田辺《みなみたなべ》って駅じゃったね。ようやく家を捜し当てて。小松清廉ていう叔父さんで子供がおらんかったから……。ところが、その叔母さんが辛く当たる人なんよ。朝五時ですよ。たたき起こされて、それも真冬の氷が張るようなときに雑巾がけさせるん。廊下、そして畳の部屋までね。その後、ご飯炊いて火鉢に火を入れて……」

貧しさ故《ゆえ》に広島を離れた小松だったが、大阪の叔父のもとでの日々は心身ともに耐え難いほど辛かった。その切ない思いを郷里の己斐の風景や祖父のことを想い起こすことで紛らした。

そんな小松が叔父から祖父の死を聞かされたのは、上阪した年の秋。訃報を知っても十三歳に満たなかった少年には、すぐに駆けつける術《すべ》もなく、叔父も葬式に出る余裕がなかったのだろう、小松に対して出向かわせる心配りもなかった。祖父を亡くした小松は、大阪の叔父しか頼れる人がいない孤児に近い身になった。

新淀川・十三大橋付近／大阪市淀川区

「そのころは子供じゃったし、生きることに精いっぱいでなんもわからんかったけど、今になって思うと、親代わりになってかわいがってもらったおじいちゃんに、お線香一本あげられんのじゃから情けないですよ。悲しいですよ。そういう時代なんじゃから仕方ないけどね。

叔父の家に世話になるようになってすぐに地元の中学校（大阪市立田辺中学校）へ通うんじゃが、それから間もなくですよ、体に異常が表れるのは——。ずっと後になって肝臓障害と肺気腫《はいきしゅ》って診断されるんですがね。どんな症状かというと体がだるくて、とにかくだるくて気力がなくなるん。大阪じゃから原爆症なんてこと誰も知らんでしょう。そこで怠け病じゃあいうて、叔母から叱《しか》られるんよ。つねったり、叩かれたり、玄関に立たされたり。ひどいときにはご飯も食べさせてくれんのじゃから……。子供を産めない女のいらだち、いうのか、もやもやした鬱憤《うっぷん》をいじめることで晴らすんじゃね。どういうのか、まるで趣味みたいに当たるんじゃから……」

最初、田辺中学校へ通った小松は、叔父の転職で大阪・西淀川区木川へ移り大阪市立十三《じゅうそう》中学へ転校した。転居後も叔母の虐待は止《や》まず、子供の体に紫色のあざが絶えなかった。幼い時から歌が好きだった小松は、このころはやっていた歌をよく口ずさんだ。歌が孤独で塞《ふさ》ぎがちな気持ちを晴らしてくれた。美空ひばりの『東京キッド』、渡辺はま子の『桑港《サンフランシスコ》のチャイナタウン』が街に流れた五〇（昭和二十五）年三月、小松は二年ちょっと通った十三中学を出た。

「叔父のほうは血がつながっておるから高校へ進ませよう、言っておったですよ。ところが叔母は『とんでもない、高校なんて必要ない』いうて猛反対ですわ。それで東淀川区の電線会社に就職するんです。電線にエナメル塗ったり巻線したり。そこに何年か勤めましたかね。勤めてからもいびられていびられて、もう我慢できん、とうとう叔父のもとを飛び出したんですよ」

灰色の日々を強《し》いられ、二十歳を前にしていた小松には、家出は必然のできごとだった。が、それは血縁関係を持つたった一人の親族との決別であり、天涯孤独を意味した。体がだるく病弱なうえに失望が重なって、命を絶つことを考えた。

「真冬の寒い時でしたよ。叔父の家を出て、身寄りが一人もいない。どうしてこんな辛い思いしなけりゃ……。それも病気がちの体で、どうやってこれから生きていけばいい、思って……。いや、こんな苦労することはない。いっそ死んだほうがましじゃ、死んだら楽になる、そう思ってね……。住んでおった近くに淀川《よどがわ》が流れておるんよ。その淀川橋の真ん中まで行って、そこから飛び込んで死のうと……。欄干《らんかん》から身を乗り出して、爪先だけ付いておった。飛び込もう……。その時なんですね、頭に浮かんだのが。あの原爆の日に防空壕のところで見た光景ね、体をほとんど焼かれちゃって、死ぬのがわかっておるのに、あのおしっこをね、一生懸命塗って必死に生きようとしておる。あの断末魔の中でね。あれを思い出したら急に、どんな辛いことがあっても苦しいことがあっても生き抜いていかにゃあいかんと……」

自殺を思い留まった小松は、そのまま広島へ足を運んだ。五五（昭和三十）年の冬。アメリカ映画『エデンの東』のジェームス・ディーンが映画ファンを沸かせ、宮城まり子の歌『ガード下の靴みがき』がはやっていた。

広島駅前の猿猴橋町《えんこうばしちょう》一帯には衣類や食糧を売る闇市が立ち、駅舎のあちこちには原爆孤児を含めた浮浪者がたむろしていた。小松が生まれ育った己斐の家と店は、祖父の清治が亡くなった後、人手に渡り、拠《よ》り所もなく一人ぼっちの小松は飢えをしのぐため浮浪者の仲間に入っていった。

「広島に戻ってもおじいちゃんは亡くなっておるし、行くところがない。お金もない、仕事もない、仕方ないから浮浪者の仲間に入ってね、闇市の八百屋からサツマイモをかっぱらってきて、焚《た》き火《び》で焼いて食べるんよ。そりゃもう腹がへって、その時を生きるのが先決じゃから、善悪を考える余裕なんかないですよ。じっとしていたら飢え死にするしかない。なかには糧《かて》を得るために血を売ってるのもずいぶんおったですよ。四〇〇ccで八百円ぐらいじゃったか——。しかしね、わしは病気の身じゃから、痩《や》せこけていて肋骨《あばらぼね》が出ている状態ですけん、とても血なんか売れやあせんです」

仕事にもありつけず浮浪者の生活が続いた。孤児や生活困窮者が集まる己斐の県相互扶助会の宿舎に身を寄せ、失業対策事業の土木作業に出たこともある。安芸《あき》郡（現・安芸区）矢野町《やのちょう》にあった映画館でフィルムの運搬をするうち、歌手に憧《あこが》れ、友人の勧めで神戸のレコード店に勤めたこともある。しかし、肺気腫を患う身には歌手への道は難しく、再び広島へ戻った。

「どんなに体が弱くても、誰も助けてはくれんです。生きるためには働くしかない。

己斐の駅で列車の荷物をトラックに積み替える仕事もやりましたよ。大きな俵《たわら》をね、米か麦かわからんが、それを一つ一つ担ぐんじゃが、これがもの凄う重くてね。半日もやるとぶっ倒れるんよ。体力がないから半日しか勤まらず、日当が七百円ぐらいじゃったか、その半日分を貰《もら》って、それでちびりちびり生活するわけですよ」

病弱とその日の保障がない精神的不安。相変わらず灰色の日々だった。一泊六十円の簡易宿泊所に泊まり、土木作業の仮宿舎で寝起きしたこともある。電灯もないロウソクの灯《ともしび》の一室で、一人身の小松は面影も知らない両親を脳裏に描き、祖父母の面影を想い起こしては独りごつことがよくあった。明日が見えない真っ暗な生活だったが、そんなときに出会った他人《ひと》の善意がことさら心に染みた。

「五九（昭和三十四）年から六〇年ごろじゃったか、市内の福島町《ふくしまちょう》で働いたことがあるんです。ここには屠場《とじょう》があるんじゃが、主な仕事は、古い家を壊したり道路工事だったり。このころも肺気腫が悪うて、仕事しているうちに息ができんようになる。苦しくて苦しくて、そこらにへばっているでしょう、そうすると近くに住んでおるおばさんたちが気遣ってくれて、『大丈夫かあ……』言うて、背中をさすってくれたり

小松が孤独の日々を過ごした西区福島町

ね。『精がつくよ……』いうて、解体のときに取れる生の血ですよ、それとか牛の髄《ずい》とか、持ってきてくれるんですよ。お金持ちにはわからんが、同じところで生活しているから弱い人間の心が読めるんじゃね。こういうときの親切ちゅうのは体に染《し》み込んでいるから、一生涯忘れんです」

ヒロシマを伝える語り部の仕事に

六〇（昭和三十五）年といえば、日米新安保条約の発効と同時に岸内閣が倒れ、跡を継いだ池田内閣が高度経済成長、所得倍増政策を発表し、日本中が豊かさを目指して走り出した年である。が、原爆孤児の小松は被爆者として特別の保護を受けるでもなく、病弱の体をかばいながら日雇いのその日暮らしを余儀なくされていた。そんな小松が広島市の文書送達員として固定給与を手にできるようになるのは、六二（昭和三十七）年。それも近くにいたおばさんの口利きがきっかけだった。

「二十六の時ですよ。顔見知りの失対（失業対策事業）のおばさんがおって、そのご主人が市のゴミ回収車の運転手をしてたんじゃね。その人とたまたま会うことがあって、なんとなしに言うたんですよ。『わしゃ、ゴミ取りでも肥汲《こえく》みでもなんでもいいんじゃが、市民のために役立つ仕事をしたいんじゃ』ってね。そうしたらその人が『履歴書、書きんさい。わしが出してあげるけん』そう言うてくれて。で、正直に書いて出したの。それから少ししてですよ、通知が来ましてね……」

市の文書送達は郵便配達と同じように、市役所が発行する税金、保険などの文書や広報紙を各家庭に自転車で配達して回る仕事だった。照る日曇る日、同じ作業の繰り返しは単調だったが、体力的にも消耗するその日暮らしの日雇いと比べれば、ずっと条件に恵まれていた。進学を考えるようになるのも気持ちにゆとりができたからだ。

市の職員として配達の仕事を三年勤めた小松は六五（昭和四十）年四月、私立松本商業高校（現・瀬戸内高校＝東区尾長町《おながまち》）の定時制に入学した。

「公務員やるからには高校ぐらいは出ておかんと、そう思ってね。しかし、年齢が三十歳近くになっておったから、認定試験を受けて二年生に編入させてもらいましたよ。昼間の配達でくたくたのところを夜通うんですから、授業中居眠りが出るし、よほどしっかりしないと続かんです。どうしても無理するから、病気がまた出て入院したり……。それでも生徒会長までやりましたから、頑張ったんじゃね。そんな努力が報われたのか、六六（昭和四十一）年七月でしたね、配達の仕事から原爆資料室に異動して、そこで『原爆戦災誌』の編集作業をやったんです」

小松にとってこの仕事は、自分が原爆体験者だけに興味があったし、異動の話が出た時、二つ返事で飛び込んだ。『広島原爆戦災誌』は七二（昭和四十七）年に全五巻で完成するが、小松は全巻を通して携わり、四年制の定時制高校もこの間に卒業した。

そんな歳月のうちには、恋心を抱く女性との出会いもあった。家庭の団欒《だんらん》もない孤独な身であれば、それだけ女性への憧れと結婚願望も強かった。が、三十歳半ばを過ぎてもままならず、小松が奥さんの多津恵さんと巡り合い、家庭を持つ幸せを手にしたのは七五（昭和五十）年、すでに三十九歳を数えていた。

「身内のない被爆者となれば、結婚は恋愛でしか成立しませんよ。誰が世話してくれますか。自分で見つけるしかないでしょうに。結婚が四十歳近くになったのもそれなんです。

女房は最初、原爆資料館で切符を売っておりましてね。顔を合わせているうちに心が通じたんでしょう。こっちはわし一人、誠意しかないですよ。彼女のほうも島根県の田舎の出身で、広島に出るまでは農業手伝ったり、苦労してるんです。結婚記念日なんてありゃあせんですよ。お金もなし、祝ってくれる親戚もなし、式を挙げておらんのじゃけぇ……」

式も披露宴もない、二人だけで誓い合った結婚だったが、小松は人生の伴侶《はんりょ》を得て幸せだった。市内福島町に六畳一間の部屋を借り、一年後には長男が生まれた。

結婚して心にゆとりができると、好きな歌に思いが及び、小松は仲間に呼びかけて「広島歌謡愛好会」を結成した。歌手三人、楽団員二十四人。勤めのかたわら、お年寄りのための歌謡奉仕を始めた。市内の被爆者施設をはじめ、県下でも声がかかると喜んで出かけた。

「いわば小さな歌謡ショーなんですよ。両親もわしが生まれてすぐに亡くなっておるし、育ててくれた祖父母にもなんもできなかったしね。いま元気でおったら親孝行したい。温泉へでも連れてってあげたい――そんな思いが趣味の歌と重なって奉仕活動になったんじゃね。老人ホームなんかにもひとところはよう出かけました。

出しものは一部から三部まであって、一部は『憧れのハワイ航路』のようなマドロスもの。二部は人情もの。三部は時代ものといった具合にね。それぞれ衣裳《いしょう》を替えて歌うんです。おじいちゃん、おばあちゃん、特に原爆で身寄りを亡くした寂しい人が多いから、よう受けるんです。やんやの喝采《かっさい》で喜ばれるから、こっちも嬉《うれ》しくなっちゃって……」

この活動は肺気腫による呼吸器障害のため途中で断念せざるを得なかったが、延べ十三年間続いた。歌謡奉仕を行っていた八〇（昭和五十五）年、小松は依頼されて被爆の体験を語り始めている。それがきっかけになり、八四（昭和五十九）年にはポーランドで開かれた「ヒロシマ・ナガサキ　戦争に反対する原爆記録展」に招かれ、出席した。この「ヒロシマ」を伝える語り部の仕事は、広島を訪れる修学旅行の生徒たちを前に現在も続いている。

「わしにも二人子供がおるけえね。じゃから子供の世代、その次の孫の世代に、わしらが泣かされた苦い思いだけはさせたくない。いや、絶対あんなことが二度とあっちゃあいかんわけですよ。ソ連が崩壊して東西の冷戦は解消しておるけど、核

広島駅界隈／南区猿猴橋町

の廃絶まではほど遠いのが現状でしょ。

〈ヒロシマ・ナガサキ〉を語るにも、（アメリカ側は）戦争を終わらせるための正当手段なんて言ったり、パールハーバーを持ち出したり。そうじゃないんです、そうじゃない――。ですからポーランドへ招かれたときも声を大にして訴えたですよ。そういう自己弁護と、目には目を、歯には歯をの発想じゃなくて、平和の原点は相手を思いやる心だと……。

語り部で生徒の前に立つときも、いつも言ってるんです。国家間の争いも原理は個人の感情がぶつかり合うケンカと同じ。ヒロシマの悲劇を繰り返さないためには他人《ひと》の痛みがわかる心が必要なんだって……」

平和の原点は相手を思いやること

（二〇〇五年）

小松さんとは十七年前の初対面以来、広島を訪れるなかで何度かお目にかかっている。その都度、小松さんはノーモア・ヒロシマを訴えてきた。

安佐南区長楽寺《ちょうらくじ》にあるお宅を訪ねた。奥さんの多津恵さんが玄関先に出てくれて、居間に通されると小松さんが座卓を前に座ったまま、「よう外に出られなくなってしまって……」、そう言って迎えてくれた。これまでの面会でも体調のことがいつも出たが、昨年は肺血症《はいけつしょう》とＣ型肝炎が重なり四回も入退院を繰り返した。今は家にとどまって病院通いを続けている。

両親を早く亡くし、祖父母に育てられた小松さんは、被爆後、辛苦の日々を強いられながら、人生を切り開いてきた。病苦と闘い、平和を訴え続けてきた小松さんにとって、八四（昭和五十九）年、ポーランドで開かれた「ヒロシマ・ナガサキ　戦争に反対する原爆記録展」に招かれ、繰り返してはならないヒロシマ・ナガサキの罪過を語ったことは、人生の大きなモニュメントになっている。

爆心地から二・五キロ地点で被爆し、皮膚炎、肝臓機能障害、喘息《ぜんそく》、肺気腫《はいきしゅ》、慢性関節リウマチなどの疾病《しっぺい》に苦しんできた小松さんは、今なお認められていない原爆症認定集団訴訟に情熱を燃やしている。この訴訟について「国は被爆者の苦しみをわかってほしい。でなければ健康な体を返してほしい」、そう語り、「これは核兵器廃絶の叫びでもあるんです」。

そしてさらに絶えることのない紛争と、つきまとう核兵器の脅威に対し、「諸悪の根源は人間の制限のない欲望なんです。欲望には『目には目を――』の理論が働きますよ。そうじゃない。平和の原点は人間の欲望を抑え、相手を思いやることなんです――」。

小松さんの絞り出すような言葉は、二度とあってはならないヒロシマ・ナガサキへの祈りにも聞こえた。

金　分順……日本との決別

差別に泣かされた日々

結婚してわずか一年四カ月。鋳物工の夫と生後五カ月になる長女の三人で、市内の上天満町《かみてんまちょう》に住んでいた。八月六日の朝は知人宅の取り壊し作業を手伝うため、子供を背負って家を出た。玄関を踏み出してすぐ、ピカッと光ったことは覚えているが、その瞬間気を失った。

金分順《キムブンスン》。彼女は今、広島で結婚した夫と二人、韓国・慶尚北道《キョンサンブックド》の大邱《テグ》市で暮らしている。被爆前と被爆後にどんな人生があったのだろう。ソウルから大邱市までは特急列車で三時間。訪ねると、「よくおいでくださいました」という綺麗《きれい》な日本語で迎えられた。

分順は朝鮮人の父・金（希望で匿名）と母・朴慶南《パクキョンナム》の間に一九二七（昭和二）年三月二十日＝出生届が一年遅れ、戸籍の生年月日は二八（昭和三）年三月二十日になっている＝広島市吉島町《よしじまちょう》で生まれた。両親は韓国・慶尚南道陝川郡《キョンサンナムドハップチョン》龍州面《ヨンチュ》（面は町に当たる）出身で、二人は日韓併合後の一七（大正六）年ごろ結婚した。

この時代は、朝鮮総督府による日本の植民地政策が強引に推し進められ、言論、結社が封じられたのをはじめ、農地が強制買収され、多くの農民が食うや食わずの生活に追い込まれた。このため反日気運が朝鮮半島の各地で高まり、一九一九（大正八）年には朝鮮の独立を叫ぶ三・一運動（万歳事件）が起きている。

「総督府ができてから、農家の人たちは小作農になって、米や麦を作っても供出でほとんど取られてしまう。ですから麦が取れる春まで生きられるか――そう言われたそうですよ。わたしの父は、そんな状態に我慢できなかったんでしょう、結婚したころ伯父たちと一緒に郷里の陜川《ハップチョン》で独立運動をしてたんです。日本の警察の取り締まりがとても厳しくて、朝鮮の旗を持っているだけで、家を焼かれたそうです。そのうち伯父は警察に捕まって殺され、父は陜川におられなくなって、母のもとを離れるんです。二十一歳の時で、姉が生まれておりました。初めは満州（現・中国東北部）へ逃げて満州に二年おったそうですよ。陜川に帰りたい、けれど帰ったら捕まって殺されてしまう。そこで日本に渡ったんです」

父親の金が日本へ渡ったのは二〇（大正九）年ごろ。旧満州で二年の地下生活をした彼がどんな経路で日本へ逃げ、どう生き延びたのか定かでないが、警察に追われる身であれば、一日として安楽には過ごせなかったはずだ。ただ、金が広島に身を寄せたのは、すでに同郷の頼れる人がそこにいたからだろう。ちなみに慶尚南道陜川郡一帯は山峡に開かれた田園地帯で、日本へ通じる釜山《プサン》へもそう遠くはない。そうした立地と時代状況から、戦前には大量の朝鮮人が広島へ渡っている。したがってこの地区には被爆者が多く、陜川は〝韓国のヒロシマ〟とさえ呼ばれている。

日本へ逃げ、陜川へ戻ることができなかった金を追って、母親の朴が釜山から海を渡るのは二六(大正十五)年。夫婦が離別して八年の歳月が過ぎていた。

「父方も母方も陜川では立派な家系でした。ですから母が陜川を離れるとき、周りの方たち、みな『日本へなんか行くな……』、そういって反対したそうですよ。けれど姉が一人おりましたし、母は父に会いたい一心で日本へ渡ったんです。そのころ父がどんな生活しておりましたか、訊《き》いておりません。もちろん、日本へ渡ってからは独立運動などできませんよ。どこかで働いておったんでしょうけど、このころは朝鮮人はとても差別されておりましたから、人並みな生活はできません。植民地時代の三十六年間、朝鮮では言葉も日本語、名前まで日本式に変えられたんです」

朝鮮総督府は日本の植民地化を徹底させるため、日本語教育を施す一方、朝鮮人の氏名を日本式に変えさせた。いわゆる国語常用と創氏改名《そうしかいめい》と呼ばれるもので、この政策は日本の敗戦まで続いた。

両親の再会で生を受けた分順は、姉とともに市内の吉島町で育ち、三五（昭和十）年春、近くの市立中島小学校に入学した。すでに兄弟三人が加わり、家族は七人になっていた。父の仕事のため、家族が市内の尾長町《おながまち》に引っ越したのは、分順が四年生になってから。市立尾長小学校に転校するが、幼少の時を無心に過ごしてきた彼女が日本人の差別の視線を感じるようになるのは、このころからだ。

「わたし、日本人とばかり思っておりましたから、初めはなんのことかわかりませんでしたよ。父も母も小さいうちは何も話してくれません。そのうち朝鮮人、朝鮮人言われてねぇ、ずいぶん泣いたですよ。今でも忘れておりません。四年生の時、内田先生いいましたけど、いい先生で、わたし金分順《キムブンスン》でしょ、教室で名前を呼ぶとき、かわいそう思ってでしょう、『金分順子《かねわけじゅんこ》さん』言ってくれました。朝鮮人が日本名に変えた時、中村笑子いう名前つけてくれたのも内田先生です。わたし学校の成績はいつもいいほうでしたから、級長の話もありました。けど、最後には『朝鮮人のくせに……』言われてできなかったですよ。それが悔しくて陰でよう泣きました」

朝鮮人！　朝鮮人のくせに！――何かにつけ差別の鞭《むち》を受けるたび、分順は「なぜ？」と、いつもそう思った。その負の自問は上級に進むごとに増幅していった。

太平洋戦争が始まる四一（昭和十六）年、小学校が国民学校に改称する春、分順は尾長小を卒業し、広島市立高等女学校（現・市立舟入高校）へ進学した。このころになると、父親の金は分別のつく子供に対し、祖国についての歴史や朝鮮民族としての誇りを、ことあるごとに話して聞かせた。

「父は、わたしが女学校へ行くようになってから、『日本で勉強するより朝鮮で……』って、よく言っておりましたよ。ちょうどこのころ、従姉《いとこ》が大邱の師範学校に行っておりました。勉強するんならそんなところへ行け、言いました。父は独立運動していたくらいの人ですから、名前を日本式に変えられたり、日本から受けていた屈辱にいつも苦しんでおったんです。時間があると話しておりました。秀吉の朝鮮征《せい》伐《ばつ》のこと、自分の国がないのは悲しい、日本にいても自分が朝鮮人ということを忘れ

広島市立尾長小学校／東区山根町

るな。いつも耳が痛くなるほど聞かされましたよ」

市立高女に進んでも、戦時下だったし、思い出として温めておきたいような楽しいことはなかった。日本人と同じ名前を付しても、朝鮮人の身の上はすぐに知れ渡り、胸襟《きょうきん》を開いて悩みを打ち明けられるような友だちもできなかった。進学した翌四二（昭和十七）年二月にはシンガポールが陥落して一時は戦勝気運に湧くが、それも束の間、戦況は激化するばかりだった。年が離れていた姉はこのころすでに結婚して、家族のもとを離れていた。家庭内によほどの事情があってだろう、分順は父親の強い指示で市立高女を三年で退学した。そして間もなく、分順は両親の意で結婚することになる。

「勉強より勤労奉仕が先の時代なんです。父には考えがいっぱいあったんでしょう、日本の学校なんか行かなくていい、そう言って父がとっても反対したんです。わたし勉強が好きでしたし、やめるのがとっても辛くて、どんなに泣きましたか。そうするうち戦局がますます厳しくなって、ぐずぐずしておったら挺身隊《ていしんたい》に引っぱっていかれる。そういう噂《うわさ》がたったんです。いや、噂じゃなく本当なんです。日本人は国内で働きましたけど、当時の朝鮮では事実、若い女性が挺身隊にとられて南洋とか千島《ちしま》のほうまで連れて行かれてるんです。それで親たちが一人でおったら大変なことになる、そういうて結婚させたんですよ。わたし、いやでいやで逃げたんですが、捕まってしまって……。近くの友だちが『笑子は早う結婚する』言うて笑いよりました」

夫の姜点瓔《カンチョムウォン》（日本名・正田点三）は分順の両親と同郷の出身で、十五歳の時日本に渡った。大阪の久保田鉄工所で日本人として働いたあと、二十一歳で広島に移り、市内の中広町《なかひろまち》で朝鮮人の友人らと小さな鋳物工場を営んでいた。

結婚式は四四（昭和十九）年四月、尾長町の分順の自宅で行われた。花嫁十七歳、花婿は七つ違いの二十四歳。民族衣裳のチマ・チョゴリは分順の母親が縫ってくれた。敵機来襲を知らせる警報が鳴り、食糧難にあえいでいた時だから、家族だけの小さな宴《うたげ》だった。式をすませると二人は中広町の工場に近い上天満町に所帯を持った。翌四五（昭和二十）年三月五日には長女が生まれ、昭和天皇の三女、鷹司和子《たかつかさかずこ》にちなんで正田和子と名づけた。

「わたしの父はいつも日本を嫌っておりました。けど、主人は日本におるんだから仕方がない、そういうて日本人になるように努めておりましたよ。それで和子とつけたんです。このころには戦争が激しくなるばかりで、子供が生まれてもお祝いどころじゃない。空襲のサイレンが鳴るごと防空壕へ逃げ込んでおりました」

両手の皮がむけて、子供を抱けない

長女が生まれたこの年、すでに東京をはじめ、全国の主要都市が次々と米軍B29の絨毯《じゅうたん》爆撃を受け、「広島はいつ？」という声も聞かれていた。夫の姜は鋳物工場で手榴弾《しゅりゅうだん》の部品などを作っていた。情勢は緊迫の度を加えていたが、それでも一家は親子水いらずの生活を送っていた。一方、尾長町の実家には両親と二人の妹、後に生まれたもう一人の妹の五人が住んでいた。父親の金は猿猴川《えんこうがわ》に隔てられた向洋《むかいなだ》の鉄工所で働き、弟は市立商業を中途退学したあと、呉《くれ》の海軍工廠《こうしょう》に勤めていた。爆心地から上天満町の自宅までは直線距離で約一・五キロメートル。尾長町の父母の家までは約三キロの距離だった。

八月六日、両家はいつもどおりの朝を迎えたが、父親の金だけは毎日通っていた鉄工所を休み、市内国泰寺町《こくたいじまち》の市役所近くで行われていた建物疎開の勤労奉仕に出かけた。

金が結婚して所帯を持った西区上天満町

「尾長町の父母のところへは時どき行っておりました。原爆が落ちる前日の五日は日曜日で、この日も和子を連れて遊びに行ったんです。生まれて五カ月になっていて、父が抱っこしたら、ころころとよく笑うんです。かわいかったんでしょう、父は喜んでおりましたよ。明けて六日、主人は材料が入ったからといって、朝早く工場に出て、八時前に家に戻ったんです。食事をすませ、わたしは市内の土橋《どばし》に用事がありましたから、子供をおんぶして家を出たんです。玄関を出たらすぐです。ピカッと……。もの凄《すご》い光ですよ。ピカッとして、それからは気を失ってしまって、ぜんぜん……。気を失って、時間がどれくらいたったかわかりませんが、気がついたら助けてくれーッ、助けてー、という声が聞こえるんです。その時は建物の残骸《ざんがい》が体の上に全部かぶさっていて、何がなんだかわからないですよ。おお、それから一番先に背中の子供は大丈夫か思って……。けど、どこかへ飛ばされてしまっていないん。子供はいないし、自分が身動きできんのです。そしたら、かすかに子供の泣く声がするんです。確かに泣き声が聞こえるので『カズコー、カズコーッ』って叫んだですよ」

閃光《せんこう》を浴びて後の記憶は曖昧《あいまい》だが、分順はしばらくして、家にいた夫の姜と工場で仕事をしていた中村忠の手で運よく救出された。和子は分順から六メートルも飛ばされていたが、同時に助けられた。分順は顔の左部分と頭部、さらに両腕と両足の一部を閃光で焼かれ、背中にいた和子も両手と頭部を。姜も負傷し、顔や体が血だらけだった。中村はまだ十五歳だったが、中村が和子を抱き、四人は己斐《こい》の方向を目指して逃げた。被爆地から己斐までは直線距離で一・五キロメートル。途中、福島川（現・太田川放水路）までの家屋はほとんどが倒壊していた。電柱が倒れ、瓦礫《がれき》が散乱した道筋には全身焼け焦げた死体が横たわり、血だるまの負傷者がところどころでうずくまっていた。シャツやズボンを引き裂かれ、負傷した被災者たちがぞろぞろと列をつくっていた。分順ら四人はその列に従って歩いた。

「そのうち火の手があちこちからあがって、みんなが山のほうへ山のほうへと逃げるんですよ。どのくらいかかったですか、己斐の山の麓《ふもと》に着いて、わたし、忠さんに預けておった子供を抱こうとしたんです。ところが両手の皮が、ずるずるとむけてしまって抱くことなんかできません。顔も焼かれていましたし、そこでわたし倒れてしまうんです。己斐の山には大きな防空壕《ぼうくうごう》があるんですが、そこで主人と子供と三人、二日か三日でしたか過ごしましたよ。逃げてきた人がいっぱい集まって、それが次々と死ぬるんです。そうするうち呉《くれ》におった弟が捜しにきてくれて、尾長町の母のもとに行きました」

上天満町の家は爆風で倒壊し、後の猛火で焼失したが、尾長町の両親の家は爆心地から距離があったため、大きな被害は免《まぬが》れた。家族は、呉にいた弟をはじめ母親と三人の妹も無事だったが、父だけは勤労奉仕に出たまま帰らなかった。

姜は体力を回復していたが、分順は尾長町に移ってからも床に臥《ふ》した。発熱と食欲の不振から母乳も止まり、幼い体に火傷《やけど》を負った和子はすでに衰弱していた。

「わたしも高い熱が出て、死ぬるか生きるかの時ですから、何もしてあげられないです。お乳が出ないので母が重湯《おもゆ》をつくって飲ませようとしたら、もう生気をなくしていたそうです。それでも、母がわたしの脇に寝かせると、あの子は目をぱっちりあけて、わたしのほうをじっと見ておりました。そして八月十日ですよ、なんの声もなしに、目を見開いたまま息を引きとりました」

生後わずか五カ月、閃光を浴びてのあまりにもはかない生命だった。分順は床に臥していたので弔《とむら》うこともできず、遺体は親族の手に委ねられた。父親の行方もわからず困窮のなか、間もなく親族も亡くなったため、和子の亡骸《なきがら》がどこへ葬られたのか定かでなく、今も行方不明のままだ。

母親の朴は、帰らない夫を捜すため、灰燼《かいじん》に帰した広島の街へ連日のように出かけた。なんの手がかりもないまま八月十五日、敗戦の日を迎えた。日本の敗戦は日韓併合以来、三十六年間続いてきた日本の朝鮮植民地支配の終焉《しゅうえん》であり、朝鮮民族にはまぎれもなく祖国の復活を意味した。が、病床にあって和子を亡くし、父親の行方もわからなかった分順には、家族とともにそれを喜び合う気持ちの余裕はなかった。

「母は、終戦になってからも父を捜しに、毎日のように焼け野原の街に出かけておりました。そして、ずっと後になってからも、父のことを口にしては涙を流しておりました。父は若い時に満州へ逃げたり、お国の独立を願って苦労を重ねてきた人ですから、日本の敗戦を生きて迎えていたらどんなに喜んだろうかって……。いつもそう言っておりました。みんな、みんな、日本がいけないんですよ。伯父は日本の警察に殺されておりますし、今も何もわからない父だって、日本に殺されたのと同じです」

分順は、今は亡い母親に父親への思いを重ねて語り、大粒の涙を浮かべ、こみあげてくる感情をあらわにした。

被爆から一カ月、さらに二カ月がたっても、分順の顔や手、足、体に食い込んだ火傷の傷は癒《い》えなかった。特に顔の傷は左の目を塞《ふさ》ぎ、目を背けたくなるような形相だった。傷口は異臭を放つほど化膿《かのう》していたが、医師にかかることも薬を手にすることもできず、家族の手当てが唯一の治療だった。

「薬がないですから、母が話を聞いては自分で作るんです。モチ米を黒く炒《い》って粉にして、それをゴマ油に溶かして使ったり、人骨を焼いて、それを粉にしたものが効くと聞いて、母がどこからか拾ってきて試したこともありましたよ。擦《す》ったジャガイモもよう付けました。

暑い時は追っても追っても蝿が集まるんです。母が外に出るときは、妹たちがウチワで追い払ってくれましたが、ちょっと手を休めただけで傷口に黒くなるほど止まるんです。夕方、母が帰ってきて……、暗くなっても電気がない。マッチの光で傷口を見るんですよ。すると妹が『お母さん、何か動きよる……』言うので、よく見ると、

金の父親は敗戦の日が来ても帰らなかった／中区国泰寺町

それが蛆《うじ》なんです。瘡蓋《かさぶた》の中に蛆がいっぱいわいていて、それを母が一匹一匹拾っておりました」

後ろ髪を引かれながらの帰国

食うや食わずの苦しい生活が続いていた。在日朝鮮人の間では被爆後、すぐに祖国復帰の声があがり、引き揚げが始まっていたが、十月になると分順の親族にも話が伝わった。が、祖国とはなんなのか――日本に生まれ育った分順には、祖国は他国に思えて狼狽《ろうばい》した。できればそのまま日本に残りたかった。生活が苦しくても差別に悩まされても、広島にはアイデンティティにつながる愛着があった。母親の朴も、最愛の夫が行方不明のままの引き揚げには反対だった。しかし、周囲の在日朝鮮人が次々と引き揚げを希望し、姉家族も早くから帰国を決めていた。敗戦の年の十二月、結局、分順の家族もやむなく引き揚げを決断した。尾長の住処《すみか》を整理した一家は行方不明の金と死亡した和子を除く七人、住み慣れた地を離れた。親戚と知人家族も同行した。

「お父さんが帰らない――そう言って、母は気が狂ったように毎日毎日泣いておりました。貯金も相当ありました。けれど引き出すこともできません。持って帰るものは何もなく、それはもう着の身着のまま、哀れなものです。十二月のあれは何日でしたか——。怪我がまだ治らなかった主人は杖《つえ》を使っておりました。わたしは歩くことも十分にできず、弟が背負ってくれたんです。家族と知り合いの人たち何人かで広島駅まで来ましたら、思い余ってでしょう、母が大きな声で泣いたんです。『お父さん！』叫んでね。『お父さん、自分ら先に帰ります。許してください！……』そういうて、『アイゴー、アイゴー……』って、ホームに伏して泣いたんですよ。そうしたら駅におった警官がやってきて、『やかましい！』『この朝鮮人、早う出ていけ！』言うて、もの凄い勢いで蹴《け》ったんです。あまりひどいので弟が遮ろうとしたら、今度は弟をめちゃくちゃに叩《たた》いたんですよ。まあほんとに、生まれて育った町を離れる時に、こんな悲しいことはないですよ」

なぜこんなに憎まれなければ——警官の暴行を目《ま》の当たりにし、分順はそう思った。そもそも朝鮮人の多くが日本に渡ったいきさつには、日本による朝鮮の植民地化が深くかかわっている。日韓併合を持ち出したのも日本だった。にもかかわらず、なぜこれほどの仕打ちを受けるのか、分順は悔しさと怒りで体が震えた。

広島駅を列車で発《た》った一行は最初、下関に着き、埠頭《ふとう》に近い倉庫に収容された。分順の家族同様、負傷者に加え大勢の同胞が建物いっぱいに集まっていた。ここで十日間ぐらい待たされたが船は出ず、突然、仙崎《せんざき》（山口県）へ送られた。

「仙崎へ着いたら、ここも大きな倉庫のようなところで、同じ引き揚げの人たちがいっぱいおりました。年寄りや子供、何百人も集まっておるのに設備が何もないんです。トイレもないから男も女もそこらの片隅で用を足すんです。ですが、みんな空腹でひもじいもんですから、臭《にお》いも何もない。わたしたちは広島を出るとき、おもちのようなものを準備しましたけど、すぐになくなって、食べるものがないんです。妹らはおなかが空いた言うし、周囲の子供らはぎゃあぎゃあ泣く、もう地獄です」

仙崎では五日余りを過ごした。分順には、癒《い》えない傷に加えて飢えのため、死と隣り合わせた引き揚げ行だった。体力が尽きて死者が出るなか、やっとの乗船だった。同胞を満載した船は仙崎を離れ、一日のうちに釜山港に着いた。初めて見る朝鮮の地は、母国語を知らない分順には他人の国のようによそよそしく思えた。分順に限らず、日本に生まれ言葉も思考も日本人として成長した朝鮮人には、母国は同じように映っ

金の母親が声をあげて泣き伏した広島駅

たに違いない。それればかりではなく、植民地時代の歳月が親族の絆《きずな》を引き裂き、上陸しても身を寄せる場のない引き揚げ者も多かった。

「釜山に着いて三日くらいおりましたか。引き揚げ者のなかには身寄りもなく、そのまま乞食のようにして釜山に残った人も大勢います。わたしたちは列車を待って両親の郷里、陝川に向かいました。釜山から馬山《マサン》まで――、この列車がまた、のろのろ運転で、ずいぶん時間がかかりました。馬山から晋州《チンジュ》へはトラックに乗せられて、またここで三日間ぐらいおりました。泊められたところが小さな部屋で、大勢詰め込まれて立ったら最後、座る余地がないんです。ここでは麦の入ったおにぎりを一つずついただきましたよ。陝川まではまたトラックです。途中が山道で食べるものはないし、もう、ほんとに死ぬる思いです。広島を発ってようやく陝川にたどり着くのに一カ月近くかかりました」

陝川は、慶応北道の大邱市から車で約一時間くらいの山間地。田園が開け農村の集落が点在し、おだやかなたたずまいを見せている。陝川郡下の町に当たる栗谷《ユルゴック》面は全斗煥《チョンドファン》元韓国大統領の出身地で知られる。分順の父母と夫の郷里、龍州面は陝川面の中心からさらに四キロ奥に入った寒村で、夫の姜家は三十代も続いてきた旧家である。因習と格式を重んじる家族は、日本で生まれ、言葉も話せないうえに原爆で負傷した嫁の分順を温かく迎えてはくれなかった。

「母と弟たちは陜川面に残りました。わたしは主人と二人で、主人の家に行きましたよ。そこが凄い山奥で、まあ、わたしにはここが第二の地獄でした。わたしは頭の髪が抜けて丸坊主。顔は目が塞がってお化けのよう。体重が二十八キロに痩《や》せて死ぬるような体です。こんな体では子供も産めない——家ではお荷物、思ったんでしょう、『こんな嫁は置いとけない……』、そう言うていびるんです。わたしは言葉が話せないから牛のように黙っているしかない。すると馬鹿のように扱われるんです。主人の妹が意地が悪くてずいぶんいじめられました。家に入って間もなくです。家のお金をわたしが盗んだように仕向けて、家の中が大騒ぎになる、そうすると主人の母親が『もう一度やったら手首を落としてやる!』、そう言うてナタを振りあげて叱《しか》るんです。まあ、いろんなことがあって、わたしは生きる自信がなかったですよ。母がたまに来てくれましたが、わたしが死ぬることばかり話すので、母はそのたびに『生きてくれ』言いますし、二人してどんなに泣きましたか。まだ十九歳にもならない年ですから、恐ろしくて地獄でもこんな苦しみはない、思いました。近くに湖があるんですが、そこへ飛び込もうとしたこともありました。けど、母の顔が浮かんで『生きてくれ……』って叫ぶんです。もう辛くて辛くて、鳥のように飛ぶことができたら日本へ飛んで帰りたい、毎日毎日そんなことを思いましたよ」

肉体に加えての精神的苦痛——なぜこんなに苦しまなければ、と分順は思った。分順の側に立つ夫と親族との諍《いさか》いも絶えることがなく、それも分順には耐え難い苦痛だった。仕打ちや諍いのたびに決して楽園ではなかった日本に想いを馳せた。朝鮮人でありながら自国語もわからず、日本にも心が及ぶ自分が悲しかった。そんな辺地の生活も結局、長くは続かず、一年ほどで龍州面の家を二人で出ることになる。このころになると夫の姜も健康を取り戻し、分順の被爆の傷も少しずつ回復していたことが、せめてもの救いだった。

「最後は喧嘩《けんか》ばかりで、生きた心地がしなかったです。先に引き揚げておった姉が大邱におりましたから、わたしは姉のもとで世話になって、主人は陝川に残って面役場に勤めたりしておりました。そのころですよ、塞がっていた左の目がようやく見え

韓国慶尚南道陜川郡の農村

るようになったのは。両腕の傷からはまだ膿《うみ》が出ておりました。原爆の傷はよう治らないんです。ですから陜川におった母が大邱のほうに、漢方薬から何やら持って、よく来てくれました」

一方、朝鮮半島は日本の植民地からは解放されたが、第二次大戦終結とともに生じた米ソ冷戦のもとで緊張が続いていた。日本の敗戦の際、米ソが暫定《ざんてい》的な軍事境界線として決めた北緯三十八度線は、そのまま北と南を分断する政治的な境界線に変容する。ソ連が支援する北と米側の南が反目するなか、四八（昭和二十三）年、南の大韓民国が独立を宣言すると両者の対立は激しさを増し、五〇（昭和二十五）年六月二十五日、突然、北軍が南に侵攻して朝鮮戦争が勃発した。

「被爆から五年くらいして、やっと膿が取れましたけど、両腕の関節は引きつったままですよ。体のほうもまだ調子が悪くて、時々目まいがしておりました。そんな時に戦争が起きるんです。空襲を避けて大邱から陜川へ移りましたら、陜川も爆撃を受けて、面役場が焼けました。もう激しい戦争で、あちこち逃げて回るんです。逃げて逃げて、食べる物がない。原爆で苦しんだうえに、どうしてこんなに苦労しなければ、思いましたよ。生きるためになんでもやりました。女学校の時習った洋裁で、お金をいただいたり、大邱の姉が文房具の商売をやっていて、それを手伝ったり……。まあ、そんな時に主人も被爆してますのに、子供が生まれるんですから不思議です」

全土を巻き込んだ朝鮮戦争は、開戦から三年を経た五三（昭和二十八）年七月、民族を引き裂いた三十八度線を存続させたまま、休戦協定が結ばれた。この戦争で軍事施設はもとより民間住居までが破壊され、南北を合わせた死者はざっと百二十六万人にも達した。分順は戦争勃発の年、母国へ戻って初めて、女子を生んだ。目まいなどの持病を持ちながらも、その後も出産が重なり、結局、三男三女の子宝に恵まれている。が、戦後の混乱の中での子育てはますます苦しく、生活はその日の食にもこと欠く状態だった。

「体が弱いのに、子供が次々に生まれる、あれは六〇（昭和三十五）年の中ごろからです。主人が、原爆が原因からか倒れてしまって、寝込むようになるんです。まあ、困って困って、子供が学校へ行くようになっても、お昼のお弁当も作ってあげられない。運動靴がぼろぼろになっても、雨が降るのに傘も買ってあげられないんですよ。

それでも、子供たちがよくできていて、新聞配達したり、チューインガムを売ったり、アルバイトしながら大きくなったんです」

日本は心のふるさと

日本の敗戦から二十年がたった六五（昭和四十）年ごろ、在韓被爆者の間から救済と補償を求める声があがった。六七（昭和四十二）年には首都ソウルに韓国原爆被害者協会が発足し、被爆者の入会を勧める活動が始まった。一人でも多くの被爆者が協会に参加することが運動を進める力になる。分順は率先して参加し、苦しい子育てと病身の夫を抱えながらも、大邱をはじめ陜川、釜山へと足を運び、被爆者を訪ねては入会を呼びかけた。が、被爆者の誰もが応じてくれるとは限らず、遺伝への懸念、結婚や就職に際しての支障、周囲の偏見を恐れて、口を閉ざす被爆者も多かった。

「わたしが歩き始めたのは六八（昭和四十三）年ですよ。慶尚南道、慶尚北道……被爆者を捜して回ったんです。おお、歩いてみてびっくりしましたよ。かわいそうな人ばかりでした。足を失くして動けない人、腕を失くした人、全身ケロイドで、これでよく助かったと思える人――苦しんできたのは、わたしだけじゃない思ってね。被爆者いうと、どうしても偏見持たれるから、隠したがるんです。ですから、会に登録すれば『日本政府が助けてくれるんだから……』、そういって頼みましたよ」

被爆者のためのボランティア活動に情熱を注いでいた分順に、日本でのケロイド手術の幸運が巡ってきたのは七六（昭和五十一）年七月。山口県防府《ほうふ》市にある神徳会《こうとくかい》三田尻病院の神徳通也院長（当時）が、韓国を訪れた際、被害者協会の申《シン》会長（当時）から在韓被爆者の窮状を聞いたことがきっかけだった。この時、訪日した被爆者は分順とほかに男性二人。分順は三田尻病院で内科の診察と検査を受け、その後、山口県立中央病院に入院し、両腕関節にできたケロイドの手術を受けた。手術にかかわる渡航費と入院費は、神徳院長を中心にした日本側が負担した。この在韓被爆者のための治療活動は、その後も続けられ、招かれた患者は九二（平成四）年までに六十五人にのぼっている。

「日本は生まれ故郷ですし、広島を離れて三十年ぶりです。父のこと和子のこと、夢にまで見ておりましたから、日本へは海を泳いででも行きたい思っておりました。

釜山からフェリーに乗って、日本がだんだんと見えてくる。もう胸がいっぱいになって、一緒だった三人でどんなに泣きましたか。それはもう嬉しかったです。三田尻病院の院長先生がとてもいい人で助けてくれたんです。この病院には二カ月おりました。検査のあと県立中央病院へ移され、引きつった両腕関節部を手術したんです」

分順は今年六十五歳（一九九二年当時）。夫の行方不明を嘆き続けた母親の朴は、分順が手術のため日本に渡る少し前、胃癌《いがん》で亡くなったが、辛苦をともにしてきた夫の姜は健康を取り戻し、七十二歳で元気でいる。もうけた六人の子供は一人を除き所帯を持ち、今、分順は韓国原爆被害者協会副会長の要職にある。

現在、協会に登録された在韓被爆者数はざっと二千三百人。潜在被爆者は一万八千人とも二万人ともいわれている。このうち登録被爆者は医療費が免除されているが、補償に関しては両者とも、なんの手立てもなされていない。

「九〇（平成二）年に盧泰愚《ノテウ》大統領が初めて日本を訪ねた際、時の海部《かいふ》首相は在韓被爆者に対し四十億円の〝見舞い金〟を示されました。そのお金も被爆者には届かず、被爆者のためのセンターを建てる、いうんです。なぜセンターなんですか？——韓国

「韓国人原爆犠牲者慰霊碑」／中区堺町

の被爆者はセンターなんかでなく、直接援助が欲しいんです。被爆者は四十年以上もケロイドや後遺症に苦しみ、その日の生活にも困っている人が多いんです」

分順に限らず、韓国と北朝鮮に今も残る被爆者の心身の傷痕《きずあと》、その原因をたどれば、日本が強制した朝鮮半島の植民地政策に通じる。「にもかかわらず」と分順は日本のもどかしい対応に語気を強めて憤慨する。しかしその一方、分順には生まれた地、広島への、さらに言えば日本への限りない愛惜《あいせき》の念がある。韓国人であっても日本を断ち切ることができない分順の心は、日本人と変わらない言葉の行間から痛いほど伝わる。その愛憎の葛藤《かっとう》は、日本に生まれ被爆した多くの韓国と北朝鮮の人々の共通した心情でもあろう。

ある時はしみじみと、あるいはこみあげてくる感情をあらわにして語る分順は、涙で顔がくしゃくしゃだった。そんな彼女が、いとまの近くに語った言葉が格別、胸に響いた。

「広島に行きますと、昔の友だちが何人も集まって『分順が帰ってきた……』そういって喜んでくれます。ですから日本は心のふるさとです。忘れろ言われても忘れら

真夏に咲く夾竹桃／中区本川町

れませんよ。でもね、日本という国はよくわかりません。広島の平和記念公園には慰霊碑や記念碑がたくさんあります。日本人の碑はみんな公園の中なのに、韓国人の慰霊碑はどうして公園の外ですか。慰霊碑いいましたら、犠牲者のお墓でしょう、日本人は死んだ人にまで差別する思ってね。終戦まで日本国民として名前まで変えられて、お国のために尽くしたのに、どうしてこんな扱いをするのか理解できないです。

広島には、父と子供のお墓参りのつもりで時どきまいりますが、父を思うと、かわいそうでならないです。父は今ある祖国の独立をどんなに願ったか、それも知らずに殺されて……。その地へ帰ることもできず、慰霊碑を見るたびに、父はあの石のもとで泣いているように思えるんですよ」

（「韓国人原爆犠牲者慰霊碑」は一九九九年七月、平和記念公園内に移設された）

「孫が十一人おりますよ」

（二〇〇五年）

ソウルを経由して慶尚北道の大邱《テグ》市を訪れ、金分順さんに初対面して十三年が過ぎている。広島で生まれた金さんはネイティブとしてのその地への哀惜の念と、差別に泣いた暗い記憶、さらに被爆という日本での桎梏《しっこく》の日々を、しみじみと涙を拭《ぬぐ》いながら語ってくれた。

当時、韓国原爆被害者協会副会長を務めていた金さんに、被爆引き揚げ者の多い大邱郊外の陜川に案内してもらい、原爆症で苦しんできた六人に集まってもらった。それぞれの被爆者は、広島へ渡ったいきさつも被爆時の状況も異なっている。

私は最初、その一人一人に被爆に至る経緯と、その後の人生を語ってもらうつもりでいた。しかし、冒頭から険しい視線が向けられ、「日本人は韓国被爆者の苦しみをちっともわかっていない――」、そんな厳しい声があがった。それでも私が被爆に至る歴史的背景を聞こうとすると、「韓国人は好んで日本へ渡ったのではない……」そう言って叱咤《しった》され、日本での差別や被爆の肉体的苦痛、母国に引き揚げてからの生活苦など、憤怒《ふんぬ》と激しい叱責《しっせき》の声が耳を突き刺した。

私は日本による植民地化のもとで強《し》いられてきた、韓国と北朝鮮の人々の心身の苦痛を察するしかなく、陜川での取材は果たせなかった。

ただ一人取材に応えてくれた大邱市に住む金さんはこの時六十五歳。年を数えれば今七十八歳である。

元気でおられるだろうか——大邱に電話をかけると、最初夫の姜さん（八十五歳）が出て、一言交わすと金さんに代わった。突然の電話にちょっと驚いたらしく、「おお、江成さん！」そういって電話を喜んでくれた。

聞けば金さんは最近腎臓病を患って、一カ月余りの入院生活を余儀なくされ、「現在も週に二回人工透析のために病院に通っていますよ」と、よどみのない日本語の声が返ってきた。

姜さんとの間に生まれた三男三女は、それぞれ結婚して家庭を持ち、そのうちの三人は教師の道を歩み、末の息子さんはソウル大学を出て外資系の石油会社に勤めている。長く務めた原爆被爆者協会の役職も今は離れ、姜さんとの二人だけの生活を送っている。

「孫が十一人おりますよ……」

原爆で重傷を負い、命からがら母国に引き揚げての苦難の人生――電話から伝わる金分順さんの声に、「どうぞいつまでもお元気で！」そう言葉を返した。

あとがき

「ヒロシマ」はこれまで被爆体験者をはじめ、多くの人たちによって、それぞれの視点から語り継がれてきた。私はまだ学生だったころ、土門拳《どもんけん》の『ヒロシマ』（一九五八年刊）に大きな衝撃を受け、写真を仕事にしてからも、被爆の地には強く心を引かれていた。けれど、閃光《せんこう》の痛みも知らない人間に「ヒロシマ」を語る資格があるだろうか――そんな自戒の念に駆られるうち、歳月は足早に過ぎていた。ノートで確かめずとも、撮影と取材を目的に初めて広島を訪れたのは一九八五（昭和六十）年の八月、原爆忌四十周年の炎暑の日とはっきり記憶している。

私はそれまでの何年かを、太平洋戦争後、渡米した日本人の「戦争花嫁」と、敗戦の混乱期、中国大陸に残された日本人の「戦争孤児」の取材に多くの時間を割《さ》いていた。この二つの仕事は母国から忘れられてきた日本人がどのように生き、どんな思いで戦後の歳月を過ごしてきたのか、その生の軌跡を検証したものだった。とすれば、有史上初めての核兵器によって大量殺戮《さつりく》をもたらし、日本の敗戦を決定づけた「ヒロシマ」は、まぎれもなく同じテーマの原点に当たる。私は、経てきた仕事の体験を自分に言い聞かせ、それまで足踏みしていた広島行きを決断した。

原爆投下から四十年が経過した広島は、人口百万の大都市に発展し、爆心地に近い原爆ドーム（旧・広島県産業奨励館）と、平和記念公園を中心に建てられている数々の慰霊碑を除けば、被爆の傷跡はまったくと言えるほど見えなくなっていた。

経済優先の価値観が戦禍《せんか》の記憶を風化させ、繁栄の中に埋没した「ヒロシマ」。それを新たに掘り起こすには、広島にできるだけ身を置き、隠れた対象に当たっていくしかない。私は機会を見つけては広島に通い、被爆の痛みを持つ人たちを訪ねることから始めた。

歳月が心身の傷を癒《いや》す、という言い方が許されるかどうか。旧雑魚場町《ざこばまち》（現・中区国泰寺町《こくたいじまち》）の作業場で閃光を浴び、奇跡的に助かった中尾伝《なおおつとう》さんは「話すことなんかないいんじゃがのう……」、最初はそう言ってためらったが、ようやく胸襟《きょうきん》を開いてくれた。けれど、積年にかかわりなく固く言葉を閉ざしたままの被爆者は少なくない。

ここで語っていただいた十人は、何年かにわたる広島通いの中で出会えた方々である。「ヒロシマ」は原爆の語り継ぎはもとより、被爆者の医療や補償にいたるまで、多くの課題を擁しているが、ここでは面会に応じてくださった方々の被爆体験と、その後の日常をできるだけ詳しく聞かせていただいた。普段の言葉にこそ真の心や不戦の教訓が隠されている、と思えたからである。爆心地に近い焦熱地獄のもとで全身を焼かれての肉体的苦痛、かけがえのない親族や友人、知人を奪われての深い悲しみ……。原爆の傷跡は半世紀が過ぎた今もなお、肉体と脳裏に刻まれたままであることを改めて教えられた。

こうした被爆による桎梏《しっこく》は日本人だけでなく、広島に住んでいた朝鮮人にも、もちろん及んでいる。日本は一九一〇（明治四十三）年に、朝鮮王朝と日韓併合条約を結び、朝鮮半島は日本の植民地下に置かれるが、そのもとで多くの朝鮮人が日本へ移り住んでいる。特に太平洋戦争中には軍需工場などの労働力を補強するため、強制的に移住させられた朝鮮人も多かった。そうしたことから原爆投下時「広島に在住していた朝鮮人は三、四万人から五万人の範囲で、そのほとんどが被爆し、被爆直後の死亡者は五千人から八千人とされる」（『昭和―二万日の全記録・7』講談社）。一読してわかるように人数に大きな差異があるが、それは当時の朝鮮人がそれだけ劣悪な条件のもとに置かれていた、ということだろう。韓国・慶尚北道の大邱市に金分順さんを訪ねたのも、被爆に至るまでの足跡と韓国人被爆者としての心の屈折を、ぜひ聞きとどめたかったからである。

私は今度の仕事で、もう一人の被爆者をここに収録させていただくつもりだった。

米軍人と結婚し海を渡った「被爆花嫁」である。原爆で傷を負い親族を失った日本人が、いわば加害者のアメリカ人にどんな状況のもとで心を許し、母国を離れるに至ったか。そこに極限状態のもとで必死に生きた戦後の日本人像と、憎悪を超えた人間同士のドラマを感じたからである。すでに冒頭で以前、「戦争花嫁」を訪ねたことを述べたが、そこでは「被爆花嫁」には会えなかった。今度こそはと三人の該当者を探し当て面会を申し込んだ。けれど結局、願いは実現しなかった。そのなかでも、米・ミズーリ州のスプリングフィールドに健在だったチエコ・フレーベルさんのことが心に残っている。

昨年（一九九四年）夏に放送されたＮＨＫの番組や手記によると、チエコさんは二十二歳のとき広島市上流川町《かみながれがわちょう》の自宅で被爆した。爆心地から約一キロの至近距離である。すでに結婚し、日本人の夫との間に一児をもうけていた。その日、夫は不在。チエコさんは運よく助かったが、一歳だった子供は幼い命で昇天した。子供を亡くしたことで諍《いさか》いになり、離婚。その日の糧《かて》を得るため、呉《くれ》の進駐軍基地で電話交換手として働くが、そこに現れたのが同じ基地に進駐していたオーストラリア兵だった。チエコさんは結婚を約束して男子を生んだが、その後オーストラリア兵は帰国したきり戻らなかった。失意から立ち直るため横浜へ出て、ここでも進駐軍基地で働くが、五一（昭和二十六）年、朝鮮戦争で負傷した米兵のレイ・フレーベルさんと出会う。拠《よ》り所が欲しかったチエコさんは優しくしてくれたレイさんに女心を燃やし、一年後に結婚する。米兵に寄り添う女性たちが〝パンパン〟〝オンリー〟と罵《ののし》られる時代だった。

レイさんに帰国の時がきて日本を離れる際、チエコさんは、愛児を養護施設のエリザベス・サンダース・ホームに預けることにした。アメリカでの生活が不安だったし、水に慣れてから呼び寄せたほうがお互いに幸せになれる、と判断したからだった。母子が再会するのは十五年後、チエコさんのわが子に対する限りない愛の結果だったが、長い歳月隔てられていた子供にはそれが届かず、彼は二年後、家出してしまう。以後音信は跡絶え、二人が母子の絆《きずな》を取り戻すのは九一（平成三）年湾岸戦争の際、兵役していたわが子をチエコさんが知ったからだった。けれど、ようやく取り戻した母子の幸せも長くは続かなかった。二年後の九三（平成五）年十一月、チエコさんはレイさんと過ごしたスプリングフィールドの地で六十九歳の生涯を閉じた。

私はチエコさんが亡くなる二年近く前、手紙を書き面会を申し込んだ。間もなく返信が届いたが、諾否《だくひ》については触れられていなかった。その後国際電話で何度かお願いしたが、体の不調を語るなど応《こた》えてもらえず、目的は最後まで果たせなかった。被爆の十字架を背負い、波乱の人生を生きたチエコさんの心の綾を、ここに語り継げなかったことが返す返すも残念である。

東西の冷戦時代が終焉《しゅうえん》し、一時緊張を高めた核の脅威は遠のいたかに見える。けれど、人類悲願の核の廃絶は夢のまた夢である。原爆投下から半世紀が過ぎ「ヒロシマ」「ナガサキ」の被爆者は年ごとに高齢化しているが、そうした時、貴重な体験を身をもって語ってくださった方々に心より感謝したい。

私はこれまで戦争にまつわる庶民の姿を見詰めてきたが、敗戦から五十年の今年『写真集まぼろし国・満州』に続き、本書の出版というこのうえない幸運に恵まれた。

この拙著を被爆犠牲者の霊に捧げます。

一九九五年六月、五十周年の原爆忌を前に。

江成常夫

文庫版のためのあとがき

『記憶の光景・十人のヒロシマ』が単行本として上梓《じょうし》されたのは、敗戦の年から五十年を経た一九九五年（平成七）年八月である。この年からさらに十年が過ぎた。ここに収められた被爆者のなかには、私が広島にレンズを向けはじめた当初、邂逅《かいこう》した方もいる。その時から数えると二十年の歳月がたっている。

亡くなられた島原稔さんのように、年賀状のやり取りがあった方もいたが、ほかの方々とは無音《ぶいん》の非をまぬがれずにきてしまった。それでも体験を語ってくださった人たちについては、年ごとの被爆忌などに心のうちで想いを巡らせてはきた。そうしたことからこの度、文庫化の話がもちあがった時、すぐに思い立ったのは「ヒロシマ」の一人一人を再訪することだった。

十人の被爆者のうち鬼籍に入られた高野さん、橋本さん、島原さんの三人はご親族と面会することができた。また高蔵さんと韓国・大邱《テグ》市在住の金さんとは電話でしか話せなかったが、ほかの五人とは再会を喜び合うことができた。ただ、安否を確かめるなかで胸に響いたのは、被爆がもたらした肉体の傷痕と心の傷は、被爆から六十年が過ぎても癒えていないことである。それはそのまま「ノーモア・ヒロシマ」「ノーモア・ナガサキ」、二度とあってはならない原爆禍へのメッセージでもある。

核兵器が極悪非道なものであるにもかかわらず、人類はその桎梏《しっこく》から解放されないでいる。核の呪縛《じゅばく》が解けないかぎり、唯一の被爆国である日本は原爆禍の罪業を語り続けるしかない。

私はこれまでの三十年余、〝戦争の昭和〟に関わる声なき人たちの代弁をしてきた。ここに収録した被爆者の痛恨の声が、世代を超え、一人でも多くの読者に届くことを願いたい。

最後に、亡くなられた三人の方々のご冥福《めいふく》をお祈りするとともに、再会してくださった皆さんとご親族に感謝したい。

本書の文庫化に際し、恩師、色川大吉先生に珠玉の原稿をいただきました。厚くお礼を申し上げます。懇切にご助力くださった小学館の矢沢寛さんと小西治美さん、ありがとうございました。

二〇〇五年七月四日

江成常夫

論創社版のあとがき

写真で被爆の惨禍を記憶に留めたい——。これまでにも触れたが、そんな思いに駆られたのは、学生のころ今井正、新藤兼人の映画や土門拳の写真に刺激されてから。新聞社の枠を早く離れ、一人写真の道を歩いてきた。「戦争花嫁」との邂逅をきっかけに、国をはじめ文化と文明の規範になる「過ちの昭和」を仕事の文脈と決め、それを免罪符に、初めて原爆ドーム(旧広島県物産館)の前に足を運んだ。一九八五(昭和六十)年、原爆忌の八月六日。一発の原爆で壊滅した広島は百万都市に蘇り、ドーム以外惨禍の跡は消えていた。

見えなくなった地獄の光景をどう呼び戻すか——。生と死の隙間を生き抜いた被爆者が体感した辛苦のリアルを、聞き質すことにした。原爆が炸裂した一瞬の閃光は、真っ白だったり赤ともオレンジとも言えなかったり、受けた場所が内か外かで大きく違う。そうした聞き取りの中、遠い過去となった今もなおはっきりと記憶に残るのは、話に応じてくださった方々が生き残ったことを諫める言葉。異口同音に語る「亡くなった方たちに申しわけのうて……」と、爆死した肉親や友人への鎮魂の念である。

私はそうした真摯な心に教えられ、閃光を浴び肉体が消滅した爆死者の霊魂を、広島の樹木や草花に重ね視覚化し、拙作集『ヒロシマ万象』(新潮社)に託してきた。

その時から三十年余りが過ぎている。そのもとロシアが核兵器を盾にウクライナに侵攻し、パレスチナではイスラム組織ハマスとイスラエルが狂気の死闘を続け、罪もないおびただしい数の人命が犠牲になっている。そしてまた世界が切望する核兵器禁止条約に対し、有史上唯一の被爆国日本はアメリカの核の傘の下に置かれ、条約の批准に二の足を踏んでいる。

二〇二五(令和七)年は、原爆投下による敗戦から八十年の節目に当たるが、被爆時、広島での被爆者数は三十五万人と推定されている。そのうち現在の被爆生存者は三万九千人余りとなり、平均年齢も八十四歳を越えている。その中の一人、本書での証言者、寺前妙子さんは今年九十三歳になる。爆心地からわずか五百メートルの至近距離で被爆し、奇跡的に命を繋いだ寺前さんは、心身に喰い込んだ辛苦を長い歳月、語り部となって伝えてきた。

「原爆は魔物、悪魔ですよ。絶対あってはなりません……」。この言葉こそ核兵器を侵攻の脅しに使う為政者に伝えたい。

本書は敗戦の混乱期、米軍将兵と出会い、アメリカに渡った日本人女性をテーマに、文章と写真を拮抗させ「フォトノンフィクション」として編んだ『花嫁のアメリカ［完全版］』、戦後、中国に取り残された日本人孤児を、同じ方法で編んだ『シャオハイの満洲』に加え、「論創ノンフィクション」に組みこんでいただいた。担当者の谷川茂氏はじめ、同意してくださった新潮社並びに小学館に深謝したい。

江成常夫

二〇二三年十二月八日

［解説］英訳して世界の人たちに読ませたい

色川大吉

ヒロシマにかかわる文章を書くことは、ほんとうに辛いし、苦しい。おなじような人生を辿《たど》ってきた友人江成常夫さんの依頼でなかったら、引き受けることはなかった。わたしがヒロシマ被爆者の声に対面したのは遅く、一九七四年。昭和五十年史を書くために南太平洋の島々の戦跡を巡回し、帰国してすぐ、八月六日、ヒロシマに駆けつけ、NHK広島局が被爆者によびかけて集めた「市民の描く原爆画」群の前に立ったときだ。

いちばん驚いたのは絵の余白をうめつくした文章である。文章というより三十年近く秘めてきた想いをいっきょに噴出させた「叫び」に近い。嘆きであり、うめきであり、そして、そのほとんどが「合掌」の二文字で終わる祈りであった。

そのとき気づいたことだが、怒り、恨みの言葉が稀《まれ》にしかない。そのことは本書の十人の告白を読んでも共通していると思った。わずかに十五歳で焼かれた少女が手術を前に「ほんとにアメリカが憎いと思いました」と洩《も》らしているだけ。ほとんどが家族や教え子をうしなった嘆きと祈りである。「受難」という内向きの意識のみが強いのは、なぜだろうか。

外に向かう怨念《おんねん》を三十年という忍苦の歳月が濾過《ろか》してしまったのであろうか。被爆者に向けられた偏見といわれなき差別の累積が内向させてしまったのだろうか。それとも歴史認識の問題に由来しているのか。

本書には目をおおいたいほどの生き地獄の惨状がくりかえし活写されていて、あらためて読む者を打ちのめす。この本は江成さんが三年前に上梓《じょうし》した大写真集『ヒロシマ万象』の記録文学編『記憶の光景・十人のヒロシマ』(一九九五年)の再刊である。これも文章だけでなく、「犠牲者の魂を現在の風景に重ねて写し出す」「写真と文章を拮抗《きっこう》させた新しい手法」を踏襲している。『ヒロシマ万象』には本文の一部と解説に対訳の英文が掲載されていたが、こんどの本もいずれ英訳されるにちがいない。

この本を英訳して、まずアメリカ人に読ませたいと私は切におもう。それから核保有国の国民にも見せたいものだと。日本政府はこの六十年、唯一の被爆国だといいながら、そういう真実伝達の努力をいっさいしてこなかった。アメリカ政府の顔色ばかりうかがい、かれらの心象を傷つけないことに汲々《きゅうきゅう》としてきた。だからアメリカ国民は今でも広島、長崎の惨状を知らない。絵でも写真でも見たことがないという人が圧倒的に多い。外務省はそれを知らせようとしてきた民間人の努力を邪魔さえしてきた。

これは恐ろしいことである。あれから六十年も経過したというのに米国民は原爆投下に罪の意識がなく、国益のための正当な行為だったと今も信じている。こうした世論を背景に、米政府はこれからも小型核兵器を開発し、使用する意志を表明している。日本政府はそれを承知でアメリカとの同盟を強め、かれらの核の傘に入っているのだ。こうした現実は、被爆者の赦《ゆる》しや祈りの心情と隔絶しているではないだろうか。

すべてが日本軍国主義、帝国主義の罪である。だから、それを支持していた国民に原爆が落とされても仕方がない。「みんなみんな、日本がいけないんですよ。……今も何もわからない（広島で奉仕作業中、被爆し、行方不明になった）父だって、日本に殺されたのと同じです」、そうはっきり言える韓国の被爆者金分順さんには真実がある。だが、投下前後につぎのような史実があったことを知れば、もっと総合的、全体的に判断できるようになるとわたしは思う。

金さんの父をはじめ、八月六日、金さんが胸に抱いていた愛児や、十四万人余の広島市民を一瞬に地獄におとした原爆は、米軍の恐るべき無差別大量殺傷兵器であった。

そのことをかなりの人が事前に知っていた。だから、無警告で都市に使用してはならないと、米政府に勧告した科学者たちがいた。原爆を開発した物理学者のシラード博士やフランク博士らである。

「標的を民間人の住む都市とせずに、たとえば東京湾のような近海で、あらかじめ投下警告をなして、その巨大な破壊力を誇示し、それによって日本側の降伏をひきだすべきだ」と。

だが、軍の長老スチムソン陸軍長官に拒否された。そこで、八月一日、シラード博士らは約七十人の署名をあつめて、トルーマン大統領に実戦での使用は許さないようにと嘆願した。だが、遅かった。投下命令はすでに出ていた。「自国の兵士の命を救うため、降伏を早めるため、原爆投下は止《や》むを得ない」というのが弁解だった。この弁明は歴代のアメリカ政府にひきつがれ、穏健派のクリントン前大統領ですら修正することなく「正論」として主張していた。しかし、この「正論」は歴史の検証に耐えられるだろうか。軍事的にはアイゼンハウアー連合軍総司令官も原爆は無益だとして賛成しなかったし、ラルフ・バード米海軍次官も原爆使用に反対し、辞職している。

ベルリンの近くのポツダム宮殿で、スターリン、チャーチルと会談を重ねていたトルーマン大統領が、スターリンの露骨な領土欲につよい不快感をおぼえた丁度そのとき、原爆成功の秘電がとどいたという。かれは原爆使用を決断、統合参謀本部の投下計画をうけて、七月二十五日、その実行を指令した。

ポツダム宣言が発表されたのは翌二十六日である。その決断の背後にはアメリカ単独で日本を迅速に（ソ連参戦前に）降伏させる。新兵器による圧倒的な軍事力を誇示してソ連を威嚇《いかく》し、その欲望をおさえる、という世界戦略があった。だが、ヒロシマにつづいてナガサキへの投弾が必要だった。米兵の人命尊重のためというのは第一の理由ではなかった。建前と本音を使い分けるのは政治家の常習である。

日本はポツダム宣言の降伏勧告をうけ入れ、停戦に応ずれば原爆を回避することはできた。ところが、鈴木貫太郎首相が七月二十八日の記者会見で、軽率にも「ただ黙殺するだけ」と断言したため、トルーマンの命令はそのまま実行された。この段階での責任は国民の命を軽視していた日本政府にある。このころのかれらの最大関心事は天皇の地位の保全と国体の護持にあった。それにこだわっての終戦会議決定の遅滞が二十余万人の犠牲者を生んだ。これは日本の支配者の責任で、国民も被爆者も糾弾して然《しか》るべきことであった。ところが、それは少ししかなされていない。

次はアメリカ側の問題である。いまなお原爆使用の正当性を主張している彼らの見解は正しいだろうか。使用前に米国内にも反対論があったが、その意見は封印された。

だが、その少数意見のほうに合理性、現実性、人道性があったのではないか。日本は原爆によらないでも崩壊寸前で、ソ連参戦（予告は八月十五日、原爆により八月八日に早まる）があれば降伏していた。そうなると米政府のいう米兵の犠牲を最小限にするためという「正論が」くずれるではないか。

一九四八年十一月、結審が近づいた極東国際軍事裁判で、一二一二ページにおよぶ判決文がよみあげられたが、インドのパル裁判官はこれを上回る長文の反対意見を述べ、全被告人の無罪を主張した。このなかに注目すべきことがある。日本国の被告を人道の罪、平和への罪で罰するというなら、その前に原爆を使用して一般市民を大虐殺した米国の人道への罪を裁かなくてはならない、それをしない法廷はいちじるしく公平を欠くではないかと。

この意見は間違っているだろうか。日本国は天皇をはじめ歴代内閣も米国の「正論」やパル判事らの少数意見をとりあげ、これを論評したり、批判したりしたことがない。日本のマスコミも世論もほぼ同様で腰が引けている。日本が先に戦争をしかけて負けたのだから、なにをされても仕方がないということはない。被爆国民として「原爆使用は人道への罪」だと声を大にして主張すべきではないだろうか。アメリカはまず過去のその非を認めなくてはならない。

核兵器が世界中に拡散している現状で、こんど引き金をひいたら人類を破滅にみちびく。アメリカに二度とこの過ちをくりかえさせてはならない。ヒロシマに関する本を読んで、いつも釈然としない気持ちがのこるのは、この問題をとびこえて被爆者の赦しや祈りに救いを求めてゆこうとする心的態度が称揚されていることである。

悪魔の兵器を開発したアメリカの科学者ですら、その使用の犯罪性を警告していた。トルーマンたちはソ連をにらんで、ヒロシマにつづけ、ナガサキにも戦術的にはまったく無用な無差別殺傷兵器を使用した。この歴史的犯罪行為は永遠に許されるものではない。

著者の江成常夫さんも、その要請にこたえられた被爆者のかたがたも、心のなかではそう思いながらも、究極的な和解（赦しと謝罪）のあとに来る平和をねがって、辛い体験をも話してくださったのだと私は信じたい。

（いろかわ　だいきち／歴史家）

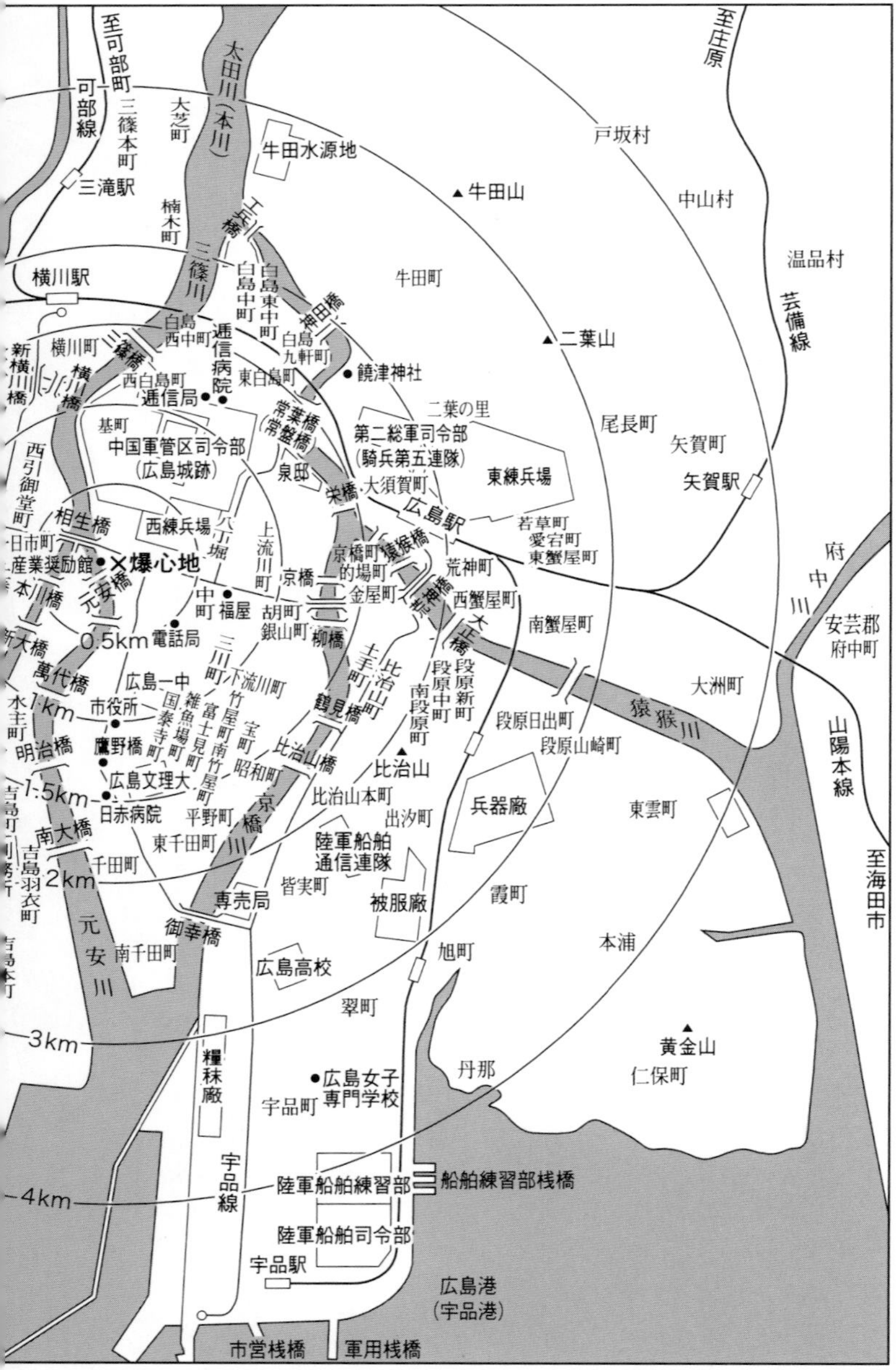

至可部町
可部線
三篠本町
大芝町
太田川(本川)
牛田水源地
戸坂村
至庄原
三滝駅
楠木町
牛田山
中山村
工兵橋
三篠川
白島中町
白島東中町
温品村
横川駅
牛田町
神田橋
芸備線
白島西中町
白島九軒町
二葉山
新横川橋
横川町
三篠橋
逓信病院
横川橋
西白島町
東白島町
饒津神社
逓信局
二葉の里
基町
常葉橋(常盤橋)
第二総軍司令部(騎兵第五連隊)
尾長町
矢賀町
西引御堂町
中国軍管区司令部(広島城跡)
泉邸
東練兵場
栄橋
大須賀町
矢賀駅
相生橋
西練兵場
八丁堀
広島駅
若草町
愛宕町
東蟹屋町
十日市町
上流川町
京橋町
猿猴橋
府中川
産業奨励館
爆心地
的場町
荒神町
元安橋
本川橋
京橋
荒神橋
中町
福屋
金屋町
西蟹屋町
安芸郡府中町
胡町
大正橋
南蟹屋町
新大橋
0.5km
電話局
銀山町
柳橋
三川町
土手町
比治山町
段原新町
段原中町
萬代橋
広島一中
下流川町
大洲町
南段原町
竹屋町
1km
水主町
市役所
雑魚場町
国泰寺町
富士見町
南竹屋町
宝町
鶴見橋
段原日出町
猿猴川
明治橋
鷹野橋
段原山崎町
山陽本線
比治山橋
昭和町
比治山
広島文理大
1.5km
京橋川
比治山本町
日赤病院
平野町
兵器廠
東雲町
出汐町
南大橋
東千田町
陸軍船舶通信連隊
吉島羽衣町
千田町
2km
皆実町
至海田市
被服廠
霞町
専売局
元安川
御幸橋
本浦
南千田町
旭町
広島高校
翠町
黄金山
3km
糧秣廠
丹那
仁保町
広島女子専門学校
宇品町
宇品線
陸軍船舶練習部
船舶練習部桟橋
4km
陸軍船舶司令部
宇品駅
広島港(宇品港)
市営桟橋
軍用桟橋

原爆投下時の広島市内
爆心地周辺
太田川
護国神社
西練兵場
相生橋
商工会議所
十日市町
産業奨励館
猿楽町
紙屋町
細工町
中島本町
元安橋
芸備銀行
本川橋
住友銀行
新橋
木挽町
袋町
電話局
元安川
0.5km
山手町
天神橋
山手川
己斐町
小河内橋
南三篠町
己斐駅
己斐橋
福島橋
天満町
福島町
旭橋
福島川
西観音町
東観音町
古田町
西大橋
観音本町
東高須
庚午橋
観船橋
佐伯郡
高須
宮島線
市立第二国民学校
観音橋
舟入本町
山陽本線
舟入幸町
五日市町
古江
庚午北町
福島川
南観音町
草津
至五日市
草津町
庚午町
昭和大橋
市立広島高等女学校
舟入川口町
江波町
皿山
気象台
江波山
三菱製作所
天満川
本川
三菱造船所
原爆投下時の広島市内

〈参考文献〉

『ヒロシマ読本』小堺吉光著　広島平和文化センター編　一九七八年
『広島・長崎の原爆災害』広島市・長崎市原爆災害誌編集委員会編　岩波書店　一九七九年
『天よりの声——ヒロシマ・被爆二年目の手記——』末包敏夫編　YMCA出版　一九八三年
『ヒロシマは昔話か——原水爆の写真と記録——』庄野直美編著　新潮社　一九八四年
『爆心——中島の生と死——』朝日新聞広島支局編　一九八六年
『あのとき閃光を見た広島の空に』広島市教育委員会　一九八六年
『被爆証言集　原爆被爆者は訴える』広島平和文化センター　一九八八年
『昭和——二万日の全記録・7』講談社　一九八九年

〈初出一覧〉

『記憶の光景・十人のヒロシマ』新潮社、一九九五年
『記憶の光景・十人のヒロシマ』小学館文庫、二〇〇五年

本書は、『記憶の光景・十人のヒロシマ』（小学館文庫）を底本にした。

江成常夫（えなり・つねお）

1936年、神奈川県相模原市生まれ。写真家・九州産業大学名誉教授。1962年、毎日新聞社入社。64年の東京オリンピック、71年の沖縄返還協定調印などの取材に携わる。74年に退職し、フリーに。同年渡米。ニューヨーク滞在中に、米将兵と結婚して海を渡った「戦争花嫁」と出会い、78年カリフォルニアに彼女たちをたずねて撮影取材。以後、アジア太平洋戦争のもとで翻弄され、声を持たない人たちの声を写真で代弁し、日本人の現代史認識を問い続ける。また、写真と文章を拮抗させた「フォトノンフィクション」を確立する。写真集に『百肖像』（毎日新聞社、1984年・土門拳賞）、『まぼろし国・満洲』（新潮社、1995年、毎日芸術賞）、『花嫁のアメリカ　歳月の風景』（集英社、2000年）、『ヒロシマ万象』（新潮社、2002年）、『鬼哭の島』（朝日新聞出版、2011年）、『被爆　ヒロシマ・ナガサキ　いのちの証』（小学館、2019年）など。著書に『花嫁のアメリカ』（講談社、1981年、木村伊兵衛賞）、『シャオハイの満洲』（集英社、1984年、土門拳賞）、『記憶の光景・十人のヒロシマ』（新潮社、1995年）、『レンズに映った昭和』（集英社新書、2005年）など。写真展に『昭和史の風景』（東京都写真美術館、2000年）、『昭和史のかたち』（同、2011年）、他にニコンサロン特別展など多数。紫綬褒章など。

論創ノンフィクション 049

記憶の光景・十人のヒロシマ

2024年3月1日　初版第1刷発行

編著者　江成常夫
発行者　森下紀夫
発行所　論創社
東京都千代田区神田神保町 2-23　北井ビル
電話　03（3264）5254　振替口座　00160-1-155266

カバーデザイン　奥定泰之
組版・本文デザイン　アジュール
印刷・製本　精文堂印刷株式会社
編　集　谷川 茂

ISBN 978-4-8460-2271-6 C0036